博雅文叢

閒談寫對聯

白化文 著

出版說明

「博雅教育」，英文稱為 General Education，又譯作「通識教育」。

甚麼是「通識教育」呢？依「維基百科」的「通識教育」條目所說：「其一是通才教育；其二是指全人格教育。通識教育作為近代開始普及的一門學科，其概念可上溯至先秦時代的六藝教育思想，在西方則可追溯到古希臘時期的博雅教育意念。」歐美國家的大學早就開設此門學科。

在兩岸三地，「通識教育」則是一門較新的學科，涉及的又是跨學科的知識。概而言之，乃是有關人文、社科，甚至理工科、新媒體、人工智能等未來科學的多方面的古今中外的舊常識、新知識的普及化介紹，等等。因而，學界歷來對其「定義」抱有各種歧見。依台灣學者江宜樺教授在「通識教育系列座談（一）會議記錄」（二零零三年二月）所指陳，暫時可歸納為以下幾種：

一、通識就是如（美國）哥倫比亞大學、哈佛大學所認定的 Liberal Arts。

二、如芝加哥大學認為：通識應該全部讀經典。

三、要求學生不只接觸 Liberal Arts，也要人文社會科學學生接觸一些理工、自然科學學科；理工、自然科學學生接觸一些人文社會學，這是目前最普遍的作法。

四、認為通識教育是全人教育、終身學習。

五、傾向生活性、實用性、娛樂性課程。好比寶石鑑定、插花、茶道。

六、以講座方式進行通識課程。（從略）

近十年來，香港的大專院校開設「通識教育」學科，列為大學教育體系中必要的一環，因應於此，香港的高中教育課程已納入「通識教育」。自二零一二年開始的第一屆香港中學文憑考試，通識教育科被列入四大必修科目之一，考生入讀大學必須至少考取最低門檻的「第二級」的成績。在可預見的將來，在高中教育課程中，通識教育的份量將會越來越重。

在互聯網技術蓬勃發展的大數據時代，搜索功能的巨大擴展使得手機、網絡閱讀、搜索成為最常使用的獲取知識的手段，但網上資訊氾濫，良莠不分，所提供的內容知識未經嚴格編審，有許多望文生義、張冠李戴及不嚴謹的錯誤資料，謬種流傳，誤人子弟，造成一種偽知識的「快餐式」文化。這種情況令人擔心。面對着人工智能技術的迅猛發展所導致的對傳統優秀文化內容傳教之退化，如何能繼續將中國文化的人文精神薪火傳承？培育讀書習慣不啻是最好的一種文化訓練。

有感於此，我們認為應該及時為香港教育的這一未來發展趨勢做一套有益於中、大學生的「通識教育」叢書，針對學生或自學者知識過於狹窄、為應試而學習的不良傾向去編選一套「博雅文叢」。錢穆先生曾主張：要讀經典。他在一次演講中還指出：「此時的讀書，是各人自願的，不必硬求記得，也不為應考試，亦不是為着做學問專家或是寫博士論文，這是極輕鬆自由的，正如孔子所言：『默而識之』便得。」我們希望這套叢書能藉此向香港的莘莘學子們提倡深度閱讀，擴大文史知識，博學強聞，以春風化雨、潤物無聲的形式為求學青年培育人文知識的養份。

本編委會從上述六個有關通識教育的範疇中，以第一條作為選擇的方向，以第二條的芝加哥大學認定的「通識應該全部讀經典」作為本文叢的推廣形式，換言之，就是為初中、高中及大專院校的學生而選取的，讀者層面也兼顧自學青年及想繼續進修的社會人士，向他們推薦人文學科的經典之作，以便高中生未雨綢繆，入讀大學後可順利與通識教育科目接軌。

這套文叢將邀請在香港教學第一線的老師、相關專家及學者，組成編輯委員會，分類包括中外古今的文學、藝術等人文學科，而且邀請了一批受過學術訓練的中、大學老師為每本書撰寫「導讀」及做一些補註。雖作為學生的課餘閱讀之作，但期冀能以此薰陶、培育、提高學生的人文素養，全面發展，同時，也可作為成年人終身學習、補充新舊知識的有益讀物。

本叢書多是一代大家的經典著作，在還屬於手抄的著述年代裏，每個字都是經過作者精琢細磨之後所揀選的。為尊重作者寫作習慣和遣詞風格、尊重語言文字自身發展流變的規律，給讀者們提供一種可靠的版本，本叢書對於已經經典化的作品不進行現代漢語的規範化處理，提請讀者特別注意。

「博雅文叢」編輯委員會

二零一九年四月修訂

目錄

導讀

從「孫行者」談起

一九三二年，著名的大學者陳寅恪先生為清華大學的入學試出國文試題，其中一題考對聯，上聯是「孫行者」，要求考生對出下聯。當時群情嘩然，因為自一九一九年五四運動開始，白話文運動已經進行了十幾年，想不到對對子這種老套的文人遊戲竟然出現在清華大學的入學考題中。

但更讓人想不到的是，能對出下聯的人竟然不多，考生們要麼平仄不對，要麼詞性不對。試想一下，在差不多一百年前，清華大學的入學試中，一題只有三個字的上聯，竟然難倒了許多高材生，如果這條試題放在今天又該絕了多少考生的前路？古典文學似乎離我們愈來愈遠了。

陳先生心目中的標準答案是「胡適之」，胡適，字適之，「胡」對「孫」，是姓氏對姓氏，「適」是「往」的意思，與「行」字是動詞相對，「之」與「者」是虛字相對。「孫行者」的平仄是平平仄，「胡適之」是平仄平，符合上聯最後一字必須為仄聲，下聯最後一字必須為平聲的要求。而且，胡孫與「猢猻」同音，這是陳先生有意嘲諷胡適，胡適寫過〈文學改良芻議〉批評古典文學，而陳先生的父親陳三立是當時鼎鼎大名的詩人，又是同光體的領袖，陳先生本人也能詩，或許是因為這樣，所以嘲諷了胡適一下。

嘲諷胡適也許只是陳先生的其中一個目的，最重要的目的是測試考生的古典文學水平。由於此題引起了社會輿論，陳先生於同年的八月十五號在北平《世界日報》發表文章回應，其中一段說：

> 研究詩詞等美的文學，對對實為基礎知識。考題中出對子，簡言之，係測驗考生對（一）詞類之分辨，如動詞對動詞，形容詞對形容詞，虛字對虛字，稱謂對稱謂等是；（二）四聲之瞭解，如平仄之求其和諧；（三）生字 Vocabulary 及讀書多少。如對成語，須讀詩詞文等書多，隨手掇拾，毫不費力。如有人以祖沖之對孫行者，是可知該生胸中有物，尚知古時學者祖某其人；（四）思想如何，因妙對不惟字面上平仄虛實

盡對，「意思」亦要對工，且上下聯之意思須「對」而不同，不同而能合，即辯證法之一正，一反，一合。例如本校工字廳水木清華旁兩聯之末有「都非凡境」對「洵是仙境」[1]，字面對得極工，而意思重複，前後一致，並非絕妙好對，此則思想之關係。按此種種，悉與「國文」文法有密切之關係，為最根本、最方便、最合理之測驗法。

對聯是古典文學的基礎，不會對對聯就不會作詩填詞、寫文言文，因為古典文學中的任何文體都不可能不講究以上四點，所以陳先生這一段話表面上是解釋對聯的寫作要求，其實也是為我們揭示古典文學的特色。既然對聯如此重要，那麼就很值得我們好好去認識和學習一下了。

想要學會欣賞乃至創作對聯，本書是不錯的入門選擇。

本書作者白化文（一九三零年—），原名白迺楨，筆名白化文，一九五零年肄業於天津南開大學中文系，一九五五年從北京大學中文系畢業，師從吳小如先生，吳先生國學深邃，尤其專精於古典文學的研究和創作，白氏從此打下深厚的古典文學基礎。畢業後一直在北大信息管理系任教，歷任教員、副教授、教授，從事佛教、敦煌學、目錄學等學科的研究工作。曾任中國楹聯學會顧問、國家圖書館出版社顧問、中國俗文學學會常務理事、中國敦煌吐魯番學會語言文學研究分會副秘書長等職。主要著作有《敦煌文物目錄導論》、《漢化佛教法器服飾略說》、《漢化佛教與佛寺》、《漢化佛教參訪錄》等，亦曾參與點校由中華書局出版的《楹聯叢話》。

本書第一章介紹了對聯的特點和源流。對聯是中國文化的獨有產物，中國人講究對稱美，例如建築，大至整體佈局，小至門窗乃至上面的花紋，無不講究對稱；藝術方面，例如書法，同樣講究布白平均，對稱和平衡。這種審美觀念表現在文學上，就產生了對聯。對聯的特點是字數、句數、平仄和詞性的對偶，而且意思還要相關。對聯還沒成為獨立的文學體裁時，是以對偶句的形式依存在詩文身上，這種對偶的句子，早就出現在《詩經》、《尚書》、《楚辭》等先秦典籍上。南北朝和隋唐的辭賦，是駢四儷六的文體，對偶是其主要的句式。唐代是律詩的成熟期，律詩一般是八句，每句五或七個字，兩句為一聯，共四聯，除了前後兩聯可對可不對外，中間兩聯都要對偶，此外還有一種排律，不限聯數，但中間各聯也一定要對偶。我們現在常見的五七言對聯，都是根據律詩的平仄格律來寫的。根據譚蟬雪的研究，最早的對聯出現在晚唐，而對聯的興盛時期則在明清兩代。

第二章介紹對聯的格律。對於初學者而言，對聯的格律並不難懂，難的是分辨平仄。以粵語為母語的人在古典文學方面有一個優勢，那就是很容易便能辨別四聲。四聲分別是平、上、去、入，而上、去、入三聲被統稱為「仄聲」，也有叫「側聲」的。所以四聲又可簡單分為「平聲」和「仄聲」兩類。北方語音以普通話為主，普通話的歷史可以追溯到元代，稱為「近代音」或「近古音」，只有四個聲調，分別是陰平、陽平、上聲和去聲，而原本屬於「中古音」的入聲，被分派到平、上、去三聲之中，稱為「入派三聲」。如果入聲被派到上、去二聲當中，那問題尚不大，因為上、去、入同為仄聲，而一般詩和對聯只講究平仄，而少論四聲。但如果入聲被派到平聲當中，那問題就大了，因為原本屬於仄聲的入聲被派到平聲當中，造成了平仄的混亂。所以以普通話為母語的人，對平仄的辨別就出現了困難。因為文字是不會發聲的，幸而現代科技發達，所以筆者建議讀者可以自己上網尋找權威的平仄教學影片，這樣比光看文字描述有用多了。

第三章介紹對聯的練習方法、相關書籍、集句、集字對聯和詩鐘等。集句是指取古人的成句集合成對聯，集字是指集碑帖中的單字成為對聯，是比較難的創作方式，作者要有相當的文學功底，而且要對所集文本很熟悉，否則是集不出對聯的。

詩鐘則是近代文人的雅集遊戲，一般都是以七言對聯來詠物，分為嵌字和不嵌字兩種方式，不嵌字又分「合詠格」和「分詠格」。總之詩鐘的創作方式有很多限制，雖然高手偶爾也能因難而見工，但一般文人只把它當作遊戲，其地位並不比詩詞高。

第四至七章，分別介紹春聯、實用性對聯、裝飾性對聯和宗教對聯，以及它們的創作要點。根據作者的定義，所謂「實用性對聯」一般是指喜聯、壽聯和輓聯；「裝飾性對聯」則是指門聯、行業聯和室內裝飾對聯，室內包括園林、名勝、寺觀等；「宗教對聯」以佛教為最多，內容方面主要是宣揚佛教義理、關合本地風光和寺廟歷史等，其次是道教和民間信仰，伊斯蘭教和基督宗教就很少了。

第八章講徵聯和評聯。大陸的徵聯比賽很多，水平參差不齊，而作者在書中提到一些政治上的避忌，不免有些捕風捉影，那是在特定的時空背景下的要求，讀者了解就好，不必介意。香港也有對聯比賽，如「全港學界對聯創作比賽」，分為「大學及大專組」和「中學及香港專業教育學院組」；又有「全港詩詞創作比賽」，單年比詩，雙年比詞，詩只限五七言律詩，讀者有興趣可以參加，互相觀摩交流，也能提高興趣。

順帶一提，本書有幾處標示平仄的地方是筆者不認同的，識者可自行定奪。[2]

對聯是中國古典文學的基本功，同時也是一種獨立的文學體裁，它易學難精，創作者如果想要更上一層樓，必須經過長期的浸淫，對中國文學、哲學、歷史等文化知識有深刻的認識，才能創作出好的對聯。本書是白化文關於對聯的專著，對對聯的源流、格律、類型乃至創作等各方面都有詳細的論述，相信讀者一書在手，就能對對聯有一個全面的理解。

溫仲斌

註釋：

[1] 按：應是「仙居」。

[2] 如「庶幾炳燭老猶明」，幾字應讀平，書中標為仄，不合格律；「空教淚灑英雄」，教字應讀平，標為仄，不合格律；「木難火齊千金品」，此處齊字應讀仄，標為平，不合格律，《廣韻》：「齊，在詣切，火齊，似雲母，重沓而開，色黃赤似金，出日南。」；「青女素娥俱耐冷」，按《唐韻》、《廣

韻》還是《平水韻》，俱字應讀平，但標為仄，另冷字，《廣韻》：「舉朱切」，標為仄，冷字應讀仄，標為平，不合格律；「壯猷為國重」，為字應讀平，標為仄，此句的意思是「壯猷是國之所重」，不是「壯猷因為國而重」，所以為字讀平，不讀仄；「尚書天北斗」，尚字應讀平，音常，《廣韻》：「尚，市羊切，尚書，官名」，標為仄；「大乘西來」，乘字作名詞用應讀仄，標為平。（詳見本書第三五、三六、一二一、一六二、二一零、二八六頁）。

溫仲斌，國立台灣師範大學國文研究所碩士生，香港青年國學研究會副會長，香港儒學會會員，香港詩書聯學會會員。曾獲第三十六屆中興湖文學獎古典文學組第二名，第十四屆余寄梅盃全港書法公開賽公開組冠軍。

代序：功夫在「聯」外

——讀白化文著《學習寫對聯》

近年人們所從事的業餘文化活動有三個熱門：一曰書法，二曰寫作舊體詩詞，三曰作對聯。這三方面「生產」的數量都很多，而質量上卻總不見有多大提高。最近有人已漸有所悟，知道要想把詩寫好，功夫乃在「詩」外。其實寫毛筆字和撰寫對聯亦復如是，不從「字」外和「聯」外下功夫，是很難有突破性進展的。而三者之中，愛好作對聯的人似乎更多一些，出版這方面的書籍也多。有大部頭，有小冊子，厚如方磚的，薄如袖珍筆記的，應有盡有，不一而足，使人讀不勝讀。

最近，門人白化文君寫了一本題為《學習寫對聯》的專著，承他惠贈一冊。由於是老相識所寫，字數又不很多，便拿來隨意翻閱。不想一開了頭，竟欲罷不能，從頭到尾細讀了一遍。意猶未盡，又把個別章節反覆溫習。讀後甚有所感，大有不吐不快之勢，爰成此小文，聊陳鄙見。

全書分「綜敍」和「分述」兩大部份，皆深入淺出，要言不煩，可讀性強。「綜敍」部份實包括三個重要內容，一曰對聯發展簡史；二曰寫作對聯應具備何種文字修養；三曰撰作對聯必須掌握哪幾個基本要點。弄明白了我國對聯的發展過程，即從古到今對聯的淵源傳承關係，才能體會出對聯作為一種藝術形式並非孤立存在。這就提醒我們，不能只為作對聯而作對聯，而應有個史的發展概念常存於胸次。這也正說明對聯乃是體現和代表我國民族傳統文化的一種綜合藝術，它有古老而豐厚的民族文化傳統做它的靠山，因此它不是無源之水，無根之木。從這裏生發開去，我們可以清楚地看到對聯原是從駢體文，從五七言律詩，乃至從上自辭賦下至詞曲各體文學作品經過發展、變化、概括、濃縮而後形成的一種雅俗共賞、家喻戶曉的藝術形式。因此我以為，如果一個人不熟讀經史百家以及駢體文與詩賦詞曲，缺乏豐富的生活經驗，不具有洞明事理的世界觀，並且對人生的意義和價值沒有深刻的體會和理解，那麼想寫出精彩的對聯來是很不容易，甚至是不可想像的。此即我所謂的要想作好對聯，功夫乃在「聯」外。

當然，寫作對聯還要講「聯律」即平仄與對仗，要講求上下聯之間的關係，即一副對聯中主題的統一性。這些意思，在化文兄這本書的前半部基本上都談到了。

如果讀者能從字裏行間加以領會並進而身體力行，夫然後對聯之事畢；若就其淺出之處而深入求之，則誠「有餘師」矣。

「分述」部份是對不同性質的楹聯如春聯、喜聯、壽聯、輓聯等分別進行介紹和分析，並闡明其作法及有關禁忌事項，實用性很強。讀者可從中各取所需，然後再去實踐，所謂「執柯以伐柯，其則不遠」，自不難收事半功倍之效也。

吳小如

本文原刊於一九九九年二月十六日《北京晚報》

第一章 對聯的特點與源流

第一節 甚麼是「對聯」

甚麼是「對聯」，舉例以明之，下舉兩例就是：

列為無產者；

｜——｜｜

寧不革命乎！

｜｜｜｜—

——鄧小平撰寫的對聯

此聯在寫法上屬於「冠頂聯」，即上下聯首字冠以「列寧」。

萬里長征，猶憶瀘關險；

｜｜——，—｜——｜

三軍遠戍，嚴防帝國侵。

——————

——朱德《題瀘定橋》

這兩副聯，從內容到形式都很好，是典型的優秀對聯。

那麼，像這樣的對聯是如何寫成的，或者說，寫成甚麼樣子，才算是對聯，一兩句話可說不清楚，就得費點事，詳細談談啦。

怎麼樣談法：開宗明義，首先得給「對聯」下個定義，也就是講講對聯是甚麼，它有甚麼特點；由此自然會引出第二個應該解釋的問題來：它屬於哪種學術範疇之內；接着會引出第三、第四個問題：它是怎樣發展和形成的，它有哪些應用類型。這幾個問題有其連帶性。我們在下面大致按以上幾個問題的順序，有連帶地進行說明。

對「對聯」特點的認識

對聯，是用漢字書寫的（後來發展到也可用其他少數民族文字書寫，但都是湊合着來，絕不如用漢字寫來那樣乾脆利落。這一點，以後有可能時再討論），懸掛或張貼在壁間柱上的兩條長幅；要兩兩相對。它的特點，大致有：

一、上下兩個長條幅，字數必須相等，合成一副聯，稱為上聯、下聯。各聯的字數沒有一定之規，從一個漢字到幾百個漢字都可以。這就是說，上下聯至少得各有一個漢字或一個符號（如標點符號）。多了呢？毫無限制。當然，常用的對聯，上下聯一般各在四個漢字到二十幾個漢字左右。這是因為，上下聯字數太少，很不容易表達出完整的意思來；多了呢？能有那麼多的話嗎？對聯對字數固然不作限制，可是，筆者至今還沒有見過上下聯各兩三千字的對聯呢。這是從上下兩聯對文字的要求——字數無限制但上下聯字數必須相等——來看。

二、對一副對聯的基本要求之一是：必須在上下聯中把一個完整的意思表達出來。只要能做到這一點，字數多少就可隨意了。拿中國漢族民族文化創造的若干詩歌體裁，如律詩、絕句來和對聯對比，這一點就會很明顯地表露出來：律詩和絕句，各用八句或四句表達一個完整的意思；若是把它們中對仗的兩句，特別是律詩中的頷聯和頸聯抽出來，把它們寫成對聯，有時候還勉強湊合，有時候就不行。因為它們不是為作對聯準備的，不見得能表現出作者希望表現的一種完整的意思，原來的完整的意思是要靠整首詩來整體表現的呀！例如，拿一首輓詩和一副輓聯對比，輓詩中的兩句對偶句就未必能單獨構成一副輓聯——當然，在某種情況下也許能行——這就是它們之間存在的需要細心體察的精微區別之處。這是從要表現的內容的角度來看。

如上所述，上下聯要共同表達出一個完整的意思來，因而，從句式結構看，一般來說，上下聯至少各有一個分句或詞組，多則不限。當然，從句型結構方面看，上下聯應該是對應的。

三、從修辭學角度看，構成對聯基礎的是對偶辭格。對偶辭格是漢語和漢字特有的一種辭格，它是把通常為兩個（多則可為幾個，如元代雜劇和散曲中常用的三或四個）字數相等、結構相同或基本相似的字、詞、詞組、句子並列，用來表現相關的意思的一種辭格。從內涵上說，它要求意義上的關聯，也就是不能各說各的（特殊的如無情對另議）；從形式上說，它的基本要求是要對稱；此外，它還要求音節上的和諧相對。對聯，可以說是漢語修辭學對偶辭格發展到極端的產物。這就是說，一般來說，上下聯不能構成上述內涵、形式、音節三方面的比較嚴格的對偶的，就不能算是對聯，至少不能算是好對聯。

四、對聯的實用性很強。從某個角度看，對聯是從古代私塾教學童「對對子」直接發展而來的。創作對聯的基本功，還得從對對子練習起。可是，口頭甚至書面練習對對子還不是對聯。《分類字錦》《巧對錄》等類書與聯話書籍所錄的，大抵都是對子而非嚴格意義的對聯。對聯是一項綜合性質的成品。一副對聯，得為一個主題而創作出來，最好能書寫下來，為張掛之用。它是為某種實用目的而創作的。而且，連張掛的形式也固定下來了：上聯在左，下聯在右。人們從對面看，則上聯在右首，下聯在左首。它們必須成對稱形式，懸掛在相對的位置。連載體形式也固定下來了：必須是兩個完全相等的長條形字幅狀。一般來說，別的形狀如某種「蕉葉形對」，極為少見。特別是橫幅不行。如我們有時見到的四合院中左右穿廊遊廊之上，常嵌有相對的「東壁圖書」「西園翰墨」橫幅，雖為工對，卻只可算是兩廊的橫幅罷了。對聯有經常懸掛在楹柱上的，特稱「楹聯」。後來，楹聯發展成對聯的一種文雅的稱呼了。相對來說，對聯便成為楹聯的俗稱。可是，抄錄下來的對聯詞句只可稱為「聯語」。我們和大家一起討論的，差不多都是聯語，旁及一些對聯的載體等。雖然有時也涉及對對子，但應説明：對對子，作為古代學習作文的一種基本功，是為作詩（特別是近體詩中的律詩及由之演化出的試帖詩）、作駢文（包括八股文）等共同打基礎，從對對子到寫對聯，只不過是近水樓台罷了。

對聯是漢族民族文化藝術的獨特產物

對聯，可以說是從漢族的民族傳統文化派生出來的獨特產物。惟有從中國的漢族文化中，才產生出完美的對聯產品。這可以從民族傳統——特別是深遠的民俗傳統方面，從語言文字方面，從文學和文章寫作方面來觀察。下面就從這三方面來說明。

一、先從漢族民族文化傳統來看：觀察自然與社會，可以看到，對偶是一種普遍存在的事物現象。再觀察漢族的民族性及其深厚文化積澱與傳統，更可以看到，漢族是非常喜愛對偶的。

漢族認為，除了領導者是高高在上獨立自主統率一切以外，其他都是以形成對立面即對偶形式為宜。漢族本民族古老的哲學思想，就是無極生太極，太極生兩儀，兩儀生四象，四象生八卦，八卦推演到六十四卦。但是，漢族的民族心理中，可又並不認為這個推演出來的模式是完美的：「未濟終焉心縹緲，萬事翻從闕陷好！吟到夕陽山外山，古今誰免餘情繞。」（龔自珍作）不過，在這個推演出的模式本身包容之中，卻能看出是以對應形式為主的，這就說明漢族是看重和喜愛偶數的。同時，漢族更認為「數奇」是不吉利的。就連孤單在上的領導者也很危險，有成為「獨夫」的可能。

漢族傳統的建築結構是四合院。各種大門，如殿門、轅門、院門等，全是兩扇。陪襯正房的是東西廂房和兩耳房。室內家具，也是一張桌子配兩把太師椅。朝臣上朝，衙役站班，都分成兩廂。這些都是民族心理在各方面的反映。可以說，漢族對對偶的喜愛，融匯於本民族的文化傳統之中，無所不在。

二、再從漢語與漢字的角度看：那可是從一開始就給對偶準備了最好的獨一無二的載體條件。

漢語由單音節語素組成。由這樣的語言載體構成的詞彙，其中配合成對偶的能力是無限的。世界上諸多廣泛使用的語言中，只有漢語具有這種天生的屬對能力。絕妙處還在於，為了適用於記錄漢語，漢字從其創制之始，就成為一種兼表形、音、義的單音節方塊形文字：一個字代表語言裏的一個音節，每個字又都有屬於自己的一定的意義（有的字還不止一種意義），由一定的筆畫構成方塊形文字。這就像同類形狀的積木或方磚，能搭成一堵堵整齊劃一的牆那樣，為它們兩兩相對搭配造成了基本條件。再看漢語的詞、詞組、句子的結構，也是相當整齊劃一的。漢語詞彙中的詞，大部份是單音詞和雙音詞，就是多音詞，也是由一個個單音節構成的，同樣很便於兩兩搭配。由這些詞構成的詞組和句子，其結構搭配方式不多，不外有：聯合（並列）和偏正、動賓（包括使動和意動等變通用法）、動補，以及僅為記音的不可分割的連寫（聯綿詞、音譯詞語等），等等。因其有上述的單音節方塊字為組成基礎，所以同結構形式的兩兩搭配也很容易。

總的來說，漢語和漢字，從它的產生一開始，就自然而然地給對偶創造了條件。在世界諸多語言文字中，這種特殊性質是其他語言文字所不具有的。日本從古代到近代，大力推行漢化文化，甚麼都向中國學，他們的優秀漢學家甚至具備能寫律詩和駢體文的能力，可是中國明代以後在社會上廣泛流行的對聯，在他們那裏沒有流行起來。筆者以為，這是因為對聯是漢語對偶修辭格發展到極端的產物，非漢語系統的人學習起來究竟太吃力了，不容易被普遍接受。而對聯是一種社會性實用性極強的文體，需要得到社會上公眾的認可與愛好。要想讓日本人像中國人那樣把對聯當成一種人際關係交際工具，對於他們來說，恐怕是太吃力了。當然，在中國對聯大流行的時代即明清兩代，日本已經逐漸開始向西方學習了，這恐怕也是另一個社會原因吧。相對來說，那時候的朝鮮半島地區還沒有向西方學習的打算，仍然一心一意地面向中國，因而他們接受對聯這項比較新鮮的人際交往工具，使用得相當普遍。

三、還可以從中國漢族漢字文化的文學和文章體裁與作法等方面來看：從古代留下的文學作品看，語言文字中的對偶現象早就自發地在使用了。例如：

昔我往矣，楊柳依依；今我來思，雨雪霏霏。（《詩經．小雅．採薇》）

誨爾諄諄，聽我藐藐。（《詩經．大雅．抑》）

惟草木之零落兮，恐美人之遲暮。（《楚辭．離騷》）

不僅在韻文中如此，就是在先秦的散文中也有大量的對偶句：

滿招損，謙受益。（《尚書．大禹謨》）

博學而篤志，切問而近思。（《論語．子張》）

事在四方，要在中央。（《韓非子．揚權》）

可以看出，除了若干虛字的重複以外，上引詩文的作者似乎都在有意識地應用某些對偶形式，追求對比或排比效果。不過，這種方法只是在文章或談話裏隔三岔五參差錯落地使用罷了。

如果說，在先秦詩文中，對偶辭格的句子和詞組出現得還比較少，而且似乎帶有自發的傾向；那麼，發展到漢賦，使用對偶便是大量而自覺的了。例如：

臣之東鄰，有一女子：雲髮風艷，蛾眉皓齒。顏盛色茂，景曜光起。……途出鄭衛，道由桑中。朝發溱洧，暮宿上宮。……奇葩逸麗，淑質艷光。（司馬相如《美人賦》）

于是發鯨魚，鏗華鐘。登玉輅，乘時龍。鳳蓋颯灑，和鸞玲瓏。……千乘雷起，萬騎紛紜。……羽旄掃霓，旌旗拂天。……抗五聲，極六律，歌九功，舞八佾。……（班固《東都賦》）

南北朝到隋唐的辭賦，是以對偶為主要詞句形式的駢四儷六的文體。可以說，這樣的辭賦是直接繼承漢賦，並使之在對偶方面進一步精密和熟練。一直到兩宋的四六文都是按照這種方式發展。我們總的稱這類文章為駢體文。我們當代人容易忽略而應該提請注意的是，駢體文從南北朝以後直到清代以至民國初年，應用非常廣泛。特別是在政府公文和科舉考試以及書信（尺牘）中，以對偶為主要文體特點的多種體裁的文章，使用得極為廣泛。從廣義上說，這些多種體裁都和駢體文關係密切，它們都可以算是駢體文大家族中的成員。

關於駢體文和對聯的關聯，可以從下面幾點來說一說。

一點是，承上而言，駢體文大家族對對聯的影響極為巨大。廣義地說，可以把對聯看成駢體文大家族中的一個遠房支屬。對聯是駢體文領域中在實用範圍內的又一次擴展，是一次趨向精練化和精密化的極端的發展。

再一點是，也是承上而言，駢體文中對偶的應用雖然是十分自覺而嚴格的，十分講究的，但從漢賦起，也沿襲下來一些習慣性的不成文的格律準則。例如，對虛詞，特別是起聯繫作用的和表達語氣的虛詞，在對偶方面沒有提出很高的要求；對人名相對和地名相對等要求也較低。比如：

潘岳之文采，始述家風；

陸機之辭賦，先陳世德。（庾信《哀江南賦序》）

望長安於日下，目吳會於雲間。……馮唐易老，李廣難封。屈賈誼於長沙，非無聖主；竄梁鴻於海曲，豈乏明時。（王勃《滕王閣序》）

這兩種不太講究而可以將就的寫作方法，也影響了對聯。這些我們還要在以後講到。在這裏只是說一說，用來證明對聯受到的這方面的明顯影響罷了。請看下面一副著名的為大肚彌勒佛所作的對聯：

大肚能容，容天下難容之事；

開口便笑，笑世上可笑之人。

兩個「之」字不對，可以允許。但是，因為對聯是對偶文體中晚出的，因而屬於越晚出就對對偶格式要求越嚴格的，所以從全篇來說固然大部份是對偶的，但出現兩個相同的虛字相對，終究被認為對仗不工。至於人名、地名的問題，一般說來，只要平仄調勻就行了，但是也追求工對，如「東方虬」對「西門豹」還不算太工，因為前兩個字都是平聲；「柳三變」對「張九成」才屬工對呢。因為，從整體來看，人名對人名，且平仄調諧。拆開來看，「柳」和「張」都屬於「二十八宿」之內的星宿。「三變」「九成」都是音樂術語。所以，「露花倒影柳三變」對「桂子飄香張九成」，真是的對。不能不佩服作者李清照。李清照就是李清照！

根據前兩小節做出的小結

我們可以這樣認為：

對聯是中國漢族在本民族的歷史發展中，由自發到自覺地，根據漢語漢字的特點，採用了民族精神和物質文化的多種成果而創造出來的一種獨特的文字體裁。

對聯的一大特點是：人際關係性質極強。絕大部份對聯是在公開的交際場合使用的。如喜聯、賀聯、壽聯，都具有特定的突出的交際和人際關係性質。就是機關行業聯、名勝古蹟聯，甚至書房廳堂聯等，也具有廣泛的人際交流性質。以上是僅僅從對聯的內容看。

若是從寫成了的對聯看，另一大特點，就在於它是一種綜合性藝術品。它集漢民族創造的書法、裝裱（包括製紙、絹等）或小木作等多種工藝（如漆工、金屬工藝等）於一身，最後懸掛出來的成品又成為室內外裝飾藝術中的一種有機組成部份。

綜合以上兩點，從某種角度來看，對聯堪稱中國文化的一種綜合性代表產品。從明清以來直到民國年間，對聯在中國各階層中，在各個場合，都大量使用，盛行不衰。新中國成立後，多種對聯如機關行業聯、門聯、室內裝飾聯（特別是新中國成立前堂屋與客廳必掛的）等，隨着時移俗易，慢慢地不再時興。現在，在內地社會中，只是在佛寺、道觀等宗教建築和風景名勝內外等特殊地點，或是某種場合，作為交際、交流等人際關係的需要而存留。此外，作為年節的點綴，春聯長盛不衰。壽聯、輓聯等等幾種對聯，使用頻率還比較高。但是，後舉的幾種對聯，從懸掛的時間看，都比較短暫，春聯張貼時間較長，也就一年；從綜合藝術的角度看，大體上都屬於粗放型，輓聯更是如此，兩條白紙，掛完就燒。中國對聯的綜合代表性成品，恐怕還得多從長久懸掛的多種品類中去找。當然，從當前最具實用性的角度看，後舉三種聯是最常用的，因而也屬於最重要的聯種。

對聯是文學作品嗎

從語言學的角度看，對聯是「積極修辭」中「對偶」辭格發展到極端的產物，是漢語特別是漢字獨具的表現形式之一種。它是漢語文字學、音韻學、修辭學等語言學科的綜合實用性產品。所以，漢語語言學是無法不接納對聯進入自己的學術領域的。

從中國文學的角度看，固然對聯的遠親，或者說是它的遠祖，如我們前面講到的駢文、近體詩，都是堂而皇之地出入於文學殿堂的。可是，對聯呢，我們檢閱《中國大百科全書》，會驚訝地發現，在語言學和中國文學兩部份中，都沒有「對聯」這個條目。大約是這兩家都以為對方會收容對聯，最後是把它當成蝙蝠啦！

我們會發現，建議語言學接納對聯，可能不難。它缺少拒絕的理由。讓文學界接待——姑且不說加入——對聯這個品種，恐怕有人就有異議。理由是：有相當多的對聯作品文學性質不強。很多人願意把「對聯」匯入「文娛活動」的類型中去，和「詩鐘」「燈謎」等歸入一類去了。

當然，對聯界的人，如中國楹聯學會群公，就堅決主張對聯和詩鐘等都算是文學作品。中國楹聯學會還掛靠在中國文學藝術界聯合會之下，這可是名正言順的了。筆者也贊成。可是，我們更應該創作出大量的文學性質很強的對聯作品來，讓人們心服口服。最後實至名歸，讓《中國大百科全書》的新版中語言學和中國文學兩部份都不能不收對聯詞條——像律詩、駢文那樣。其實，就拿律詩和駢文這兩種文體來說，形式上寫得滿合規矩的，有的文學氣息可不一定濃厚。不過，人家可佔了早就加入的便宜啦。那可是無數優秀文學作家給打下的江山啊！

第二節　對聯與其他文學體裁的關聯

我們在前一節已經說過，中國漢文文學作品和古代流行的大量的各種體裁的文章中，使用對偶辭格作為一種重要修辭手段之處極多。在諸多的詩文體裁中，以精巧的對偶技巧作為主要的表現手段的，除了駢體文以外，就得屬近體詩中的律詩了。一般都認為，駢體文和律詩，特別是律詩，就是對聯的直系祖先。

駢體文中使用對偶的情況，上一節中我們已經講了不少。本節主要說說近體詩特別是律詩中使用對偶的情況。

近體詩，特別是律詩，包括長律和試帖詩，在調平仄、押韻等方面要求很嚴格。特別強調應用對偶辭格於詩中，稱為「對仗」。這些都是有一定之規的，總的稱為「格律」。後來產生的詞曲，也有自己獨特的格律。關於格律，有許多專門的書籍講述，例如王力先生的《漢語詩律學》和《詩詞格律》，就是現代這方面的權威著作，有興趣的讀者可以參看。我們在下面講對聯作法時也要涉及一些，這裏不再贅言。

舉幾個對偶嚴整的例子，看一看唐詩中的對仗：

善鼓雲和瑟，常聞帝子靈。
馮夷空自舞，楚客不堪聽。
苦調淒金石，清音入杳冥。
蒼梧來怨慕，白芷動芳馨。
流水傳湘浦，悲風過洞庭。
曲終人不見，江上數峰青。（錢起《省試〈湘靈鼓瑟〉》）

這是一首唐代人應科舉考試的試帖詩。按官方規定，在對仗方面要求極為嚴格。此詩中除了收尾兩句可以不對因而未作對仗外，其他各句都是兩兩對仗。頭兩句對仗略有不工處，這是因為開頭也容許不對之故。

特別應該指明的是：駢體文中容許虛詞可以不在對仗之列，這是我們在前面已經講到了的，近體詩中卻是絕對不行。本來，在古體詩中採用對偶時，早就注意並相當嚴格地執行對仗中對任何詞語都不加寬貸，而在近體詩中，則是自覺地作為重要格律之一條來執行。在各類詩文體裁中，近體詩在這一點上是最早自覺嚴格執行的，包括絕句中的對仗，一律遵照不誤。個別的早期的作者如李白似天馬行空脱羈絆，有時不太講究對仗，以意境和氣象取勝，那是不拘一格和別具一格。杜甫則在晚年「屬對律切」，律詩的詩律在他手中最終定格成型。

現在看幾首杜甫的五律、七律和長律中的對仗部份，先看一首著名的五律中的前六句：

國破山河在，城春草木深。
｜｜——｜　——｜｜—

感時花濺淚，恨別鳥驚心。

｜——｜｜　｜｜——

烽火連三月，家書抵萬金。（《春望》）

—｜——｜　——｜｜—

這六句形成三組對偶句，也就是對仗。

我們在這裏，在每個字的下一行對應處加上了平仄符號。「—」表示平聲，「｜」表示仄聲。以後再遇到該標明平仄之處，特別是對聯，我們一律用這兩個符號，標在字詞句的下一行。目的是提請讀者注意：對仗要求平仄調諧，一般上聯的用平聲字處，下聯要配仄聲字。當然，在內容或其他方面認為必須採用不調諧的字詞相對時，也可以平平或仄仄相對，但有條件以為限制，如「一三五不論，二四六分明」就是。這一條是講：上下聯相對時，處於單數位置上的字在平仄方面不調諧還能湊合，雙數位置上的字則不行。如果在某些按説非調諧不可之處出現了不調諧的毛病，就應採用若干方法補救。這些方法也包含在格律之內。這些都留待以後再説。

必須說明：對對子和撰寫對聯時，每個字發音是平聲還是仄聲，乃是基本上根據唐代的詩韻，也就是唐朝人的發音。自唐代以下，創作詩文用韻，特別是近體詩調平仄，一直到當代，全都這樣辦。這種作法和科舉考試作應制詩文又緊密聯繫起來，因而為了統一讀法，每朝都公佈欽定的韻書，以為準繩。最後一次全面地制定讀法和押韻的韻部，是清代公佈的《佩文詩韻》。從此以後，直到當代，調平仄和押韻讀音大體上是按着《佩文詩韻》來。這種作法直接影響了對聯的作法。所以，為了使不太熟悉平仄的初學者慢慢地適應這種情況，我們從現在開始，就在所引的某些詩、詞、曲和絕大多數對聯的字詞句下面都加上平仄符號。再強調一下：平仄的標音是按詩韻，大致上是以《佩文詩韻》的平仄標音為準。

再看一首著名的七律中的前六句：

風急天高猿嘯哀，渚清沙白鳥飛迴。
—|———|— |——||——

無邊落木蕭蕭下，不盡長江滾滾來。
——||——| ||——||—

萬里悲秋長作客，百年多病獨登台。（《登高》）

｜｜———｜｜，｜——｜｜——

這也是六句成三組對仗。頭兩句結尾是押韻的字，對仗的兩句也押韻了。注意：對聯的上下聯因為只有各一聯，所以結尾的字必須一仄一平，而且以上聯仄收下聯平結為常規，就不能像律詩中前兩句既押韻又對仗了。

再看一首《謁先主廟》，這是五言長律，除了開頭和結尾各兩句不對外，通首對仗工整。為了讓一部份不熟悉詩韻平仄的讀者有練習的機會，我們在這首詩各句之下沒有添註平仄，請有興趣的讀者自己加上吧：

慘淡風雲會，乘時各有人。（注意：這兩句不對仗）
力侔分社稷，志屈偃經綸。復漢留長策，中原仗老臣。
雜耕心未已，歐血事酸辛。霸氣西南歇，雄圖歷數屯。
錦江元過楚，劍閣復通秦。舊俗存祠廟，空山立鬼神。
虛檐交鳥道，枯木半龍鱗。竹送清溪月，苔移玉座春。

閭閻兒女換，歌舞歲時新。絕域歸舟遠，荒城繫馬頻。
如何對搖落，況乃久風塵。勢與關張並，功臨耿鄧親。
應天才不小，得士契無鄰。遲暮堪帷幄，飄零且釣緡。
向來憂國淚，寂寞灑衣巾。（結尾兩句不對仗）

注意：在個別情況下，杜甫採用了一聯中字與字對仗，例如，「復漢」與「中原」這兩個詞語是不對仗的，可是，拆開來對，「復」可對「中」，「漢」可對「原」，雖然整體不算工對，可是內容甚佳，讀到這裏，人們極可能先一愣：屬對不工吧？再一想，還算工對。進一步想：杜甫為甚麼這樣對？恐怕一是內容的要求，二為起一種特殊效果，讓人們想一想，反而記住了：這是一篇中的警策！所以，杜甫就是杜甫！

除了因只有上下兩聯而不必考慮押韻問題以外，調平仄、講對仗等格律方面的問題，對聯幾乎全部繼承律詩的格律及其作法，只是在字數和分句數目等方面更加靈活和多樣化。准上所述，我們可以把律詩算作對聯的直系源頭，把駢體文當作對聯的旁系遠祖和經常來往的近親。這樣考慮，還在於能時刻提醒我們：要想學習和創作好對聯，應該具備深厚的古典詩詞根底和有關駢體文的基礎知識。再說得具體一些，則是：

一要有較好的欣賞古典詩詞的素養。還應閱讀若干篇優秀的駢體文名篇，了解駢體文的大致作法，特別是它運用對偶等辭格的情況。

二要學會最起碼的詩律，具備能初步運用的能力。所謂初步，指的是能調平仄和對對仗就行。

我們在這裏點到了詩詞中的詞，其實還可包括一些散曲和古典劇曲及劇中的某些道白。它們也都是很注重運用對仗的。它們在宋代以下，特別是明清時期以至近現代，是和對聯同步地在社會中發展的，彼此之間在對仗的運用等方面互相影響。

詞在這方面和對聯的交流最為密切。詞在創作中的一大特點是：詞律對對仗的要求，在具體到某個詞牌中時，有時並不太嚴格，往往沒有非對仗不可的限定。可是許多詞家卻常常在不必非對仗之處也對上了，可舉下面的例子：

落日熔金，暮雲合璧，人在何處？
千古江山，英雄無覓，孫仲謀處！

染柳煙濃，吹梅笛怨，春意知幾許？
舞榭歌台，風流總被，雨打風吹去！

以上一和三兩段分句，是李清照《永遇樂》詞中的句子；二和四兩段則是辛棄疾所作同樣詞牌的詞中的句子。它們中的前兩個小句子，李用了對仗，辛則不用。這種隨時隨處注重使用對仗的作品，在詞中觸處即是，在潛移默化中會給創作對聯的人以影響。

更有一種在一個「領字」下字數相同的一組句子，按作詞慣例，差不多都得用上對仗。例如周邦彥的詞：

又酒趁哀弦，燈照離席。
念月榭攜手，露橋吹笛。（《蘭陵王》）

這種句法及其對對仗的使用，除了如上述所說的給作對聯的人以影響外，更直接提供一種句中自對的屬對例證，特別為長聯的撰寫做出某種示範。至於曲，包括散曲和劇曲及其道白，應用對仗則更為靈活多變。明代著名曲家寧王朱權所著的《太和正音譜》中有「對式名目」一則，其中有云：

合璧對：兩句對者是。連璧對：四句對者是。鼎足對：三句對者是。聯珠對：多句對者是。隔句對：長短句對者是。鸞鳳和鳴對：首尾相對，如《叨叨令》所對者是也。

曲子是萬人傳唱的。經過「齊唱憲王新樂府」和「家家收拾起，戶戶不提防」那樣的傳播，這些曲子中的對偶詞句，自然在無形中開拓了人們的對偶知識視野，豐富了屬對技能技巧。下面也舉兩處著名的例子：

蛩吟罷一覺才寧貼，雞鳴時萬事無休歇。（這是一組合璧對）爭名利何年是徹！

看（領字）密匝匝蟻排兵，亂紛紛蜂釀蜜，鬧穰穰（即「鬧嚷嚷」）蠅爭血。（這是一組鼎足對）

裴公綠野堂，陶令白蓮社。（這是一組合璧對）
愛秋來時那些：（這是「領句」）和露摘黃花，帶霜烹紫蟹，煮酒燒紅葉。（這是一組鼎足對）
想人生有限杯，渾幾個重陽節。（這是一組合璧對）
囑咐我頑童記者：（這是「領句」）便北海探吾來，道東籬醉了也！（這是一組合璧對）

這是馬致遠《雙調．夜行船（秋思）》中的「離亭宴煞」。除了最後兩個合璧對微嫌屬對不工外，其他的對仗，特別是鼎足對的對仗，都十分工整。

再看看元雜劇《西廂記》中的一闋名作《叨叨令》：

見安排着車兒馬兒，不由人熬熬煎煎的氣！
有甚麼心情話兒靨兒，打扮的嬌嬌滴滴的媚！
準備着被兒枕兒，則索昏昏沉沉的睡！
從今後衫兒袖兒，都揾做重重疊疊的淚！

兀的不悶殺人也麼哥！兀的不悶殺人也麼哥！（這兩句句式在《太和正音譜》中稱為「疊句」）

久已後書兒信兒，索與我淒淒惶惶的寄！

除了那一組疊句外，有前後五個「鸞鳳和鳴對」。

在同一社會裏，各種詩文體裁間相互影響是必然的。對聯的流行較晚，大致在明初到民國年間。詞和曲雖然不是對聯的源頭，至少也算得上對聯的近親。詞和曲的文學藝術性都很強，表現得很明顯。撰寫近體詩，特別是律詩，特別是七言律詩，只要對仗工整，詩味兒差點還可對付；寫詞，藝術性形象性差，馬上就顯露出不行來啦。前者像個硬殼皮箱，裏頭沒有甚麼東西還看不大出來；後者像個軟布口袋，裏面有甚麼沒甚麼，馬上就能凸現出來的。一位詞人或度曲家寫的對聯，往往能帶出這種內在的情韻。如現代詞人張伯駒先生撰寫的對聯，在這方面的表現就相當明顯。他撰寫的輓陳毅元帥聯，能在大廳的角落裏被偉大詞人毛主席發現與讚賞，非偶然也。下引張先生此聯，請讀者細心體會：

仗劍從雲作乾城，忠心不易，軍聲在淮海，遺愛在江南，

｜｜——｜—— ——｜｜ ——｜—｜ —｜｜——

萬庶盡銜哀，回望大好山河，永離赤縣；

｜｜｜—— —｜｜｜—— ｜—｜

揮戈挽日接尊俎，豪氣猶存，無愧於平生，有功於天下，

——｜｜｜—｜ —｜—— —｜——— ｜———｜

九原應含笑，佇看重新世界，遍樹紅旗。

｜———｜ ｜——｜｜ ｜｜——

張伯駒先生堪稱近現代詞人制聯之巨擘，所作聯語，以情意濃摯韻味深厚迥出常人之上。早年所作輓袁克文（著名物理學家袁家騮之父，吳健雄的公公）一聯可為代表作。不贅引，請讀者參閱《素月樓聯語》一書可也。

第三節　對聯的形成

現知的最早的聯語

過去的對聯研究者一般都認為，對聯始於春聯，而春聯是由古代的「桃符」變化而來的。中國古代慶祝新春時，有在兩扇門上，特別是在大門上貼桃符的風習。桃符，就是貼掛在門上的兩塊桃木板，上面畫有驅邪的「門神」，如「神荼、郁壘」二神的畫像。

對聯「聯話」的開山之作，清代梁章鉅（一七七五—一八四九）的《楹聯叢話》卷一，一開頭就說：

嘗聞紀文達（按：紀昀）師言：楹帖始於桃符，蜀孟昶「餘慶」「長春」一聯最古。但宋以來，春帖子多用絕句。其必以對語，朱箋書之者，則不知始於何時也。

按《蜀檮杌》云：蜀未歸宋之前，一年歲除日，昶令學士幸寅遜題桃符版於寢門。以其詞非工，自命筆云：「新年納餘慶；嘉節號長春。」……實後來楹帖之權輿。但未知其前尚有可考否耳。

一般的對聯研究者都認為，可考的對聯之祖，也就能上推到孟昶此聯為止。可是，此聯乃是孤證，顯不出在當時普遍流行的態勢。梁章鉅的態度頗有可取之處。他一方面根據文獻，說孟昶創作的那副春聯「實後來楹帖之權輿」；另一方面則有保留地說：「但未知其前尚有可考否耳。」不下結論，並顯露出把希望寄託於未來研究者的心情。這種見地是很可取的。有人囫圇讀過上引的那一段，便認為梁氏提出孟昶的一聯為對聯之始，算不上梁氏的知音呢。

中華書局出版的《文史知識》一九九一年第四期，發表了敦煌研究院研究員譚蟬雪女史撰寫的《我國最早的楹聯》一文，推論出對聯產生於晚唐以前。這一推論，是根據敦煌莫高窟藏經洞出土的敦煌遺書中斯坦因劫經第零六一零號所錄的內容得出的。譚研究員據原卷所作錄文是：

歲日：三陽始布，四序初開。
福慶初新，壽祿延長。
又：三陽□始，四序來祥。
福延新日，慶壽無疆。
立春日：銅渾初慶墊，玉律始調陽。
五福除三禍，萬古□（殮）百殃。
寶雞能僻（辟）惡，瑞燕解呈祥。
立春□（著）户上，富貴子孫昌。
又：三陽始布，四猛（孟）初開。
□□故往，逐吉新來。
年年多慶，月月無災。
雞□辟惡，燕復宜財。
門神護衛，厲鬼藏埋。
書門左右，吾儻康哉！

譚研究員說：「把上述文句確定為楹聯的依據有三」，即：

第一，時間上的吻合：「歲日」「立春日」正是我國傳統習俗書寫楹聯的時候。許慎《淮南子．詮言訓注》記載：「今人（按：漢代人）以桃梗徑寸許，長七八寸，中分之，書祈福禳災之辭，歲旦插於門左右地而釘之。」……（按：此下尚引《玉燭寶典》《荊楚歲時記》等書，說明我國古代在歲日和立春日均有春符、春聯的活動。）

第二，文句對偶，為聯句格式。……

第三，……最後明確指出：「書門左右，吾儻康哉！」偶句而寫於門之左右者，當為楹聯無疑。如無此語，還可以認為是一般「集句」，以致在《敦煌遺書總目索引》中定為「類書」。但那是不夠確切的。

譚研究員還為這個卷子考訂書寫時代：

聯句寫在斯零六一零卷的背面，前後均無題記。其正面是《啟顏錄》的抄本，尾題：「開元十一年捌月五日寫了，劉丘子投二舅」。此尾題為楹聯的斷代提供了可靠的依據。時為公元七二三年，較孟昶的題辭早二百四十年。

譚研究員又指出「這只是楹聯的上限年代」，至於下限，她根據對其內容的分析，將其定為晚唐。我認為確切可從。因而，我們可以信從譚研究員的結論：「可以說敦煌聯句是迄今為止，得以保存下來的我國最早的楹聯。」請有興趣的讀者自行閱讀那篇文章，我們在這裏就不多贅引了。

據譚研究員的文章，我們至少能得出以下三條結論：

一、對聯始於寫春聯。在還沒有更早的非春聯類型的資料出現的當代，把譚研究員所引的敦煌遺書斯零六一零號卷子和孟昶寫春聯的記載加在一起考慮，這一條絕對可以成立。

二、春聯最晚在晚唐時已經產生，還可能上溯到盛唐，也就是公元七八世紀左右。

三、對聯起源於民間。寫春聯，不是由於帝王提倡，相反地，帝王倒是受到當時民間流行的書寫春聯的影響。

我們必須說明的是，那個時代，雖然已經有寫作並張貼春聯的例證，但是，未必有「春聯」「對聯」這樣的作為一種體裁的固定化的專名詞。從敦煌寫本斯零六一零號的內容和寫法看，和唐代流行的又在敦煌寫本中大量出現的某些駢體應用文範本極為相似。《敦煌遺書總目索引》將其歸入「類書」一類，有一定的道理。這也就是說，早期的這種雛形的對聯，似乎是在駢體應用文和律詩的雙重影響下蛻化出來的一個新品種。

對聯的成熟

明清兩代是對聯的成熟時期。特別是從清初到新中國成立前，更是它的全盛期。成熟標誌有三：

一是廣泛地應用於社會交際中。它深入社會生活的各個方面，在禮儀場合使用得很普遍，幾乎成為公共關係中不可或缺的一部份。

二是裝飾性充份顯現。它已成為綜合性的裝飾藝術中顯示漢字文化的有機組成部份。它是集實用、裝飾和顯露內心世界一角為一體的重要手段。

三是狹義地看對聯，我們在前面已經說明，完整的「對聯」是一種整體性的（這在張掛時才能充份顯示）綜合性藝術品。它顯露出多種多樣性。載體多樣：紙、絹、布（多用於輓聯和旗幟上）、木、竹、金屬和玻璃等等皆可用；字體多樣：真草篆隸不拘，針對不同的要求與對象使用；寫作技法多樣：在對偶的基礎上，幾乎用盡了所有的漢語修辭手法，極語言文字技巧之能事；還有那鮮明的用印，考究的裝潢。可以說，對聯本身已經成為集詩文、書法、印章、裝潢（裝裱或雕刻裝飾等）為一體的漢字文化特有的綜合藝術品。從其內容和寫法幾方面合起來看，堪稱百花齊放，是馳騁詩才，運用史筆，發表議論，顯示駕馭漢語漢字能力的廣袤無垠之地。

但是，我們說對聯是一種綜合性藝術品，乃是特指成型了的即裝潢已成的對聯成品而言。那麼，僅僅停留在稿本階段的甚至是口頭上的對對子呢？那可得具體情況具體分析。主要是從歷史角度和創作當時的環境、條件等方面來考察。

唐宋時代很流行屬對。常見的有如下的膾炙人口的記載：

左史東方虯每云：「二百年後，乞你與西門豹作對。」（唐·劉《隋唐嘉話·補遺》）

按：「乞你」就是現代漢語的「請你」。東方虯說笑話，把自己的名字擬人化，放在自己的對面當賓客來對待，故有此戲謔的話。

南漢地狹力貧，不自揣度，有欺四方傲中國之志。每見北人，盛誇嶺海之強。世宗遣使入嶺，館接者遺茉莉，文其名曰「小南強」。及鋹面縛到闕，見洛陽牡丹，大駭。有縉紳謂曰：「此名『大北勝』。」（宋·陶穀《清異錄》）

按：梁章鉅《巧對錄》卷二引陶氏書，評為「語多儁異，對偶極新，足為詞章之助」。

晏元獻（按：北宋晏殊，謚元獻）同王琪步遊池上。時春晚，有落花。晏云：「每得句，書牆壁間，或彌年未嘗強對。且如『無可奈何花落去』

一句，至今未能對也。」王應聲云：「似曾相識燕歸來！」（宋·吳曾《復齋漫錄》）

按：晏殊將這兩句既寫入《浣溪沙》一詞，又寫入《示張寺丞王校勘》七律一首。

宋與遼交歡，文禁甚寬。軺客往來，率以談笑詩文相娛樂。元祐間，蘇文忠公（按：蘇軾）嘗膺是選。遼使聞其名，思困之。其國舊有對云：「三光日月星」，無能對者。以請於公。謂其介云：「我能而君不能，非所以全大國之體。『四始風雅頌』，天生對句，盍先以此復之。」介如言。……旋復令醫官對云：「六脈寸關尺。」……（清·梁章鉅《巧對錄》卷二）

按：這一則對句故事十分著名，歷代書籍中傳抄者甚多，較早的記錄似乎見於南宋岳珂的《桯史》。後代諸書有增益。梁氏的引據雖為晚期著作，但相當完備清楚，且附有他自己的按語：「近又有以『八旗滿蒙漢』作對者，莊瞻相稱。文字因時運而開，此則前人所不能測其所至矣。」

我們認為，以上所引都屬於「對對子」範疇，還不能算是正規的對聯。合乎我們在前兩節和本節中所說的常規的對聯成品，在明代才大大地流行起來。專門登載對聯聯語的著作，如《對類》等等，也是在明代開始出現的，它標誌着對聯在社會上為各個階層所共同使用，說明對聯這一體裁此時已經進入成熟階段。

咱們必須明確：嚴格地說，「對聯」「楹聯」指的是綜合性藝術成品。「聯語」則指它的文字內容和格律部份。

第四節　對聯的分類

我們首先將對聯分為實用性對聯和裝飾性對聯兩大類。必須說明的是，這種分類法，基本上也是從實用的角度考慮的。在這裏，更需要強調一下對聯的實用性。我們在前面已經講過，對聯是一種綜合藝術，它為裝飾某種環境而使用，而存在。嚴格地說，所有的對聯全有實用性，非實用的對聯是沒有的。即使是某些張掛在書房等處的個人抒情言志的對聯，也是要和那裏的環境相調和，並向人們展示主人的個性、抱負、現在的處境等。現舉聯史中知名聯家、民族英雄林則徐的兩副自作書房聯為例：

苟利國家生死以；
|||—|—||
豈因禍福避趨之。
||||||—

此聯是林氏禁煙失敗後，謫戍新疆時所作一首律詩中的一聯。他摘出作為書房聯。去看望他的人，誰都能感受到他能為國家不惜犧牲個人的偉大襟懷。

坐臥一樓間，因病得閒，如此散材天或恕；
|||——|—||—||—||
結交千載上，過時為學，庶幾炳燭老猶明。
|——||||——||||||—

這一聯是林氏告老還鄉後，為自己在原籍所建的讀書樓所作，表現了他老年好學、孜孜不倦的自強不息精神。可惜，因為太平天國金田村起義，皇帝還是要倚靠他出山，他的晚年學習計劃未能實現。然而尚未到任，半路上他就逝世了，倒也避免了後世可能給他加上的鎮壓農民起義的惡名。不過，咸豐皇帝可是震悼非常，御製輓聯：

答主恩清慎忠勤，數十年盡瘁不遑，解組歸來，猶自心存君國；
｜｜——｜——　｜｜—｜｜｜—　｜｜——　—｜———｜

殫臣力崎嶇險阻，六千里出師未捷，騎箕化去，空教淚灑英雄。
——｜——｜｜　｜—｜｜—｜｜　——｜｜　—｜｜｜——

此一聯，特別是上聯，多一半是講給活着的那些大臣聽呢。

從上述可知，我們強調的實用性中，有一點值得特別注意，即對聯的人際關係性質。絕大部份對聯是在公開的交際場合使用的，如我們剛剛引過的那副輓聯，還有喜聯、賀聯、壽聯等，都具有特定的交際和人際關係性質。就是我們上面所引的書房聯，還有行業聯、名勝古蹟聯、門聯等，也都具有不等的人際交流性質。因此，撰寫對聯和撰寫抒情的詩文等，特別是和寫日記很不一樣，對聯的作者心目中一定要有特定的讀者。如我們上引的林則徐的兩副聯，就是在不同的特定場合寫給估計來看望自己的人，並通過他們向更多的人表達個人當時的懷抱。

我們把對聯分為兩大類，大致的標準是：

一、有特定的對象的，張掛時間不太長的，對載體一般要求不高的，歸入實用性對聯範圍。其中，大體上包括壽聯、喜聯、輓聯和春聯這四類。

二、針對的觀覽者、讀者面較寬的，估計張掛時間會相當長的，因而對載體的要求要高一些的，歸入裝飾性對聯範圍。其中包括多種多樣的對聯，如名勝古蹟聯、行業聯、室內外裝飾聯等都是。

前面已經説過，這種分類是帶有模糊性的，是可以互相交叉的。當然，各類聯語的撰寫方法，通過數百年積累經驗，也都摸索出一些自己的特點來。

關於各類對聯的特點、撰寫方法，我將在本書後面設專門的章節來加以介紹，此處就不具體講解了。

第二章　對聯的格律問題

第一節　平仄問題

調平仄

前面我們已經談過，對聯和近體詩、駢體文這兩種文體有密切關係。從調平仄方面看，近體詩，特別是近體詩中的律詩，特別是律詩中的摘聯，即摘出來看的一副聯語，更是對聯的淵源所在。

近體詩和駢體文都屬於中國古代漢文的韻文體裁。漢文的韻文是很講究聲調和諧的。調諧聲調的基本方式是劃分平仄聲，並在對句中用平聲對仄聲，仄聲對平聲。即使不能把上下句相對的每個字全都對上，起碼也得有五分之四以上相對（句子越長，越能馬虎些，但總不能超過二分之一吧），才算及格。至於一句中平聲和仄聲的前後安排也很有講究，這些都屬於格律的研究和限制範圍。五言和七言律詩的句式格律，可以說是寫作對聯的基本句式格律。所以，學習寫作對聯的人，必須先把它們爛熟於心。這是很容易的，它們調平仄的基本句式格律，按首句不入韻的格式，只有各兩組，就是：

五律一：仄仄平平仄（仄起）

平平仄仄平（平收）

例句：月下飛天鏡

｜｜——｜

雲生結海樓（李白《渡荊門送別》）

——｜｜—

五律二：平平平仄仄（平起）

仄仄仄平平（平收）

例句：青山橫北郭

———｜｜

白水繞東城（李白《送友人》）

｜｜｜——

七律一：平平仄仄平平仄（平起）

仄仄平平仄仄平（平收）

例句：花迎劍佩星初落

——｜｜——｜

柳拂旌旗露未乾（岑參《早朝大明宮》）

｜｜——｜｜—

七律二：仄仄平平平仄仄（仄起）

平平仄仄仄平平（平收）

例句：信宿漁人還泛泛

｜｜——｜｜—（？）

清秋燕子故飛飛（杜甫《秋興》）

——｜｜｜——

我們可以看到，這種句式，基本上是兩個到三個平聲字之後接着兩到三個仄聲字，或者倒過來也成。對聯調平仄的方式，就以此為基礎，再生出一些變化來。因為，對聯的字數，可以少到上下聯各一個字，多到有幾十個分句幾百個字，而且並無限制，可以無限延長。所以調起平仄來，變化多端，比律詩的格式要複雜，而且沒有像上引的律詩那樣，有定式可循。但是不要緊，只要緊緊把握住以下兩條原則就行：

一、句中平仄問題：一句之中，一定要平仄相間。而且按照律詩的格式，每兩到三個平聲（或仄聲）字之後必換用兩到三個仄聲（或平聲）字。

應注意的一點是，如果採用一平一仄或一仄一平循環往復的類似「一二一」「左右左」齊步走的辦法，誦讀起來，就會感到節奏快而飄，一個字一個字地往外蹦，唸快了像放小鋼炮。但是，可以把單獨的平聲或仄聲安排在結尾處，往往會取得斬釘截鐵的效果。

應注意的另一點是，如果連用四個甚至四個以上的平聲或仄聲，就會顯得過於平板生硬，誦讀起來非常沉悶，而且更有一個字一個字往外蹦的感覺。

總之，一定要把握住二至三個音節必換平仄的原則。這一點無妨用現代漢語普通話中陰陽（歸平聲）上去（歸仄聲）四聲的調諧來說明。如，有的書名，像《三國演義》《七俠五義》，都是按陰陽上去這四聲調諧的，讀起來非常好聽。林語堂創作的一部英文小說，老的中文譯本將書名譯為《瞬息京華》，發音是「去陰陰陽」，其中「息」古讀入聲，和「瞬」連讀有時音變為去聲，形成一仄三平或二仄二平的發音，相當好聽。新譯本譯為《京華煙雲》，發音「陰陽陰陽」，全是平聲，很難上口。再如，一部以對聯故事為內容的電視劇，劇名定為《聯林珍奇》，發音是「陽陽陰陽」，也很難上口。這就給人造成錯覺：題名尚且如此彆扭，劇作者懂不懂對聯的平仄格律呢？

我們上面用現代漢語普通話的四聲發音舉例，用意是說明：從古至今，詩文中（包括散文的句中聲調和成語、俗語的聲調搭配等）調平仄都很重要。可是，盡人皆知，普通話的四聲是基於現代北方口語的陰陽上去四聲，與古代的四聲大不相同。當然，我們不會忘記：對聯的四聲發音用的是古代的四聲，即原以唐代口語為基準的，最後經過《佩文詩韻》等官方韻書固定下來的平上去入四聲。其中，平為平聲，上去入為仄聲。本書中對聯和詩文句子之下所註的四聲，除了個別註明者外，都是古平仄四聲。因而，我們學習創作對聯，調平仄一律以古四聲為準。因為這是幾百年以至上千年的無數作者寫作對聯所共同遵守的惟一標準。

是否可以用普通話四聲代替傳統的近體詩詩韻四聲入聯，已經成為近年楹聯學界的一個熱門話題。一九八九年六月，在中國楹聯藝術研討會上，熱烈而集中地進行過討論。現代派認為，從發展的眼光看，這種替代是大勢所趨；傳統派則強調，如果不遵守這個標準，勢必形成兩種甚至兩種以上（因為現代漢語還有七大方言區呢）的各行其是的作法。筆者認為，那需要由國家語委這樣的權威機構出面，召開一次以上的會議，邀請全世界關心這種事的學者參加，其中應包括海外華人以及日本、韓國、朝鮮、越南、新加坡等東北亞和東南亞各國中對此有研究的人士。因為在那些地方，特別是那裏的華人聚居區，對聯還很流行，而且好像比內地還盛行。至於香港、澳門、台灣地區的學術與行政部門，更在必然邀請之列。會議中共商大計，擬定出一個辦法，比如說，硬性規定，從哪一天開始，全球創作對聯的人都改用當代普通話四聲作聯。這就算一步到位。現在，個別的學會、協會之類非官方權威機構私定辦法，沒有權威性，更不能強迫別人非執行不可。像對聯評獎，來稿有用今四聲的，有用古代四聲的，如果沒有一條準繩，連評也評不成了。

歸根到底，我們的意見是：現在必須仍然用古代四聲來調平仄。

二、收尾兩個尾字的平仄問題：這本是個不成問題的問題，但還必須重點強調一番。它牽涉兩個問題：

一是，上下聯收尾的各一個尾字，必須是一平一仄。這個原則是鐵定的，毫無更改可能的。如果上下聯兩個收尾的字全平或全仄，行話稱為「一順邊」。筆者曾參加了二十年來每一年總有幾次的各類評聯活動，在初評時，用的第一把大砍刀就是它：先看尾字，凡全平或全仄的，當即刷掉。

二是，至於上下聯中哪個尾字用平聲，哪個用仄聲，卻不是板上釘釘的。以下將這兩個問題的來龍去脈及相關情況略作說明：

律詩一般是押平聲韻的，也就是一聯中的上聯用仄聲收尾，下聯用平聲收尾。這是因為平聲舒緩、悠長，吟唱時容易留下有餘不盡之感。對聯接受了這一傳統作法，一般也以平聲字結束全聯。因而，上聯的收尾用仄聲，下聯的收尾用平聲，幾乎已成定格。有的對聯學家甚至堅決主張，只有這樣格式的對聯才行。有時看到下聯用仄聲而上聯反而用平聲收尾的對聯，就認為寫倒了或貼倒了，應該正過來。這就未免過於拘執了。

上聯用平聲收尾，而下聯用仄聲收尾的對聯是有的，不過較少。它們屬於對聯格式中的變格。明清以來，已經有許多人創作過此類對聯，遠非孤例。而且，這樣寫，往往是由於內容要求使然。以聯話家常舉的「海山仙館」一聯為例：

海上神山；仙人舊館。

這副聯首尾四個字用修辭格中的「鑲嵌（嵌字）格」，所嵌的是那座別墅的名稱「海山仙館」，順序是無法顛倒的呀！

再如我們前面引用過的「三光日月星；四始風雅頌」對句，出句用平聲收尾，對句就只能用仄聲收尾了。有人認為此對出句是下聯，要求對的是上聯，這就太拘泥了，原來出句的人並沒有這麼說。不過有鑒於此，當代評聯活動中，凡出平聲收尾句求對者，一般都聲明是徵求上聯，以免誤會。當對聯評比競賽徵求全聯時，初學者最好不要投下聯為仄聲收尾的稿子，以免被不甚寬大或水平不高的初評審稿人所淘汰。

以上把調平仄的重要原則講了一番，不嫌辭費，再小結一次，不外三點：①最好採用二至三個平聲字與仄聲字互換的步調。但這個原則屬於理想的，不是鐵定的。②上下聯的兩個收尾字必須一平一仄，這可是鐵定的。③在現階段，還是得按傳統沿襲下來的近體詩沿用的詩韻平上去入四聲來調平仄。

下面，還得更具體地將以上三條做進一步解析。

調平仄的難點

難點就在：古為入聲字，可是現代普通話中並無入聲，因而有些歸入平聲（包括陰平與陽平）的那些字上面。再擴大點說，在古今平仄聲不同的那些字上面。

再具體一點說，在現代漢語七大方言區中，有的方言還保存與近體詩詩韻讀音差不多的入聲，甚至更複雜些，有陰入、陽入之分。如吳方言、粵方言、客家方言等都有這種情況。他們在調平仄時，按方言口語一調，就能八九不離十。像我的老學長、中國楹聯學會顧問程毅中先生是蘇州人，雖然日常也說普通話，可是運用家鄉話調起平仄來非常快當，令我十分羨慕。我就不行了，我是北方官話方言區生長起來的人，只會說以北京土話打底的普通話，根本讀不出入聲來，因此調平仄只能憑讀詩詞的經驗等辦法，再不行就得去查加註古音的大辭典了。因而我們這裏所說的難點，主要是針對那些只會操普通話的人而言。

一個字是平聲還是仄聲，正是調平仄時必須逐字解決的。古代的入聲字，現代已經分別歸入陰陽上去四聲。歸入上、去兩聲的，反正同屬仄聲，在對聯中調起平仄來沒甚麼困難（在詞曲中有時要求四聲分明，但和對聯無關），初學者可以不管它。難的在於：

一、古代的入聲字，現代普通話中歸入陰平、陽平兩聲的，最應該注意。當代人撰聯在平仄上出問題，往往出在這裏。例如《題成都杜甫草堂》一聯：

萬里橋西宅；
｜｜——｜
百花潭北莊。
｜——｜—

這是摘錄杜甫本人所作的《懷錦水居止二首》中第二首的開頭兩句。摘錄前人詩文為聯，是允許的，但要摘錄得好。這副聯算好的。我們看它的平仄：在普通話中，「宅」字屬於陽平，「百」「北」兩字屬於上聲；而在近體詩詩韻中，它們都屬於入聲，「宅」和「百」還都屬於入聲韻部的「十一陌」。因此，當代人調平仄時，

「百」和「北」兩個字反正也是歸入今音仄聲的，不太深究尚可，「宅」字卻需大大注意了。好在它正處於上聯收尾，又是杜甫原句，這就提示給我們：它是仄聲字無疑。以後，在詩詞中遇見「宅」字的時候多了，也就記住它是個仄聲字了。筆者就應用這個笨辦法，記住了許多仄聲字。

再如下面引的這副聯：

廣祈多福；
｜－－｜
博覽群書。
｜｜－－

此聯中，按普通話的讀音，「福」「博」兩字都是陽平，可在詩韻中均為入聲。具體到此一聯，「博」字不是收尾的字，還不吃緊；「福」佔了上聯收尾位置，又是常用字，所以必須多加註意。曾見在評聯的初評階段，由於參加審稿的人水平不一，有人見到「福」字，就認為是平聲，再看成兩個收尾字全平，於是糊裏糊塗使用大砍刀，造成遺憾。這也提醒我們：在參加徵聯評獎競賽投稿時，起碼在收尾的上下聯各一字中，最好別使古今平仄不同聲的字，或者使用而加意註明，以免被平庸的評卷者看錯而捨棄。

二、也有普通話中歸入仄聲，而古代詩韻中則屬於平聲的字。雖然不多，也應注意。例如：

一代英雄從小看；
｜｜——｜｜
滿園花朵向陽開。
｜——｜｜——

這是一副寫給幼兒園的春聯。它的平仄就算相當調諧。只有上聯收尾的「看」字，普通話中讀去聲，古代韻部中一般歸入平聲「十四寒」。好在「看」字還有歸入去聲「十五翰」的另一種讀法，勉強能夠通過。但是，遇到認真的評議者，按詞義來定聲韻的，就難說了。遇到這種兩可情況，初學者還是避開為妙。對聯的海洋是廣闊的，何必自己找暗礁呢！

「聯律」問題

詩律是作詩的法則，從近體詩來說，大體上以調諧整首詩中的平仄為其主要法則。應該說，大部份法則並非生造的，而是與自然而然生成的客觀情況調諧，使之由自發的成為自覺的，並加以規律化，再在實踐中逐步完善。它本身就有一個歷史的發展的過程。一般都認為，近體詩，特別是其中的律詩，到了杜甫手中才「晚節漸於詩律細」，達到完美的地步。這是說創作實踐。至於理論探討的頭一個高潮期，恐怕得到宋代詩話盛行之際了。

那麼，有沒有「聯律」呢？許多研究者都認為，當然是有的，還不斷地總結出若干規律來。筆者也認為，既然對聯這種體裁已經經過許多作者創作，並共同遵守某些寫法，客觀上當然有聯律存在。不過過去的大部份作者都以創作為主，很少進行理論探討。倒是新中國成立後，由於大家的理論水平和分析能力都大大提高了，特別是又趕上這二三十年來思想更趨解放，學術更趨繁榮，楹聯界百花齊放百家爭鳴的時期到來，聯律的問題就提上了討論研究的日程。

下面就談一談筆者的一些想法。

一、我們必須認識到，「敢將詩律鬥森嚴」只是一種最高級的追求，而且希望通過比較級的評判度量來向完美靠攏。詩人創作時，由於熟能生巧，會自然而然地運用詩律，達到八九不離十的程度。可是作者往往把作品內容的表達放在第一位，如果詩律妨礙詩意，往往置拗口於不顧。更聰明的，就想出種種補救的辦法來。聯律也是如此，只要記住最基本的幾條，如我們上面講的尾字必須一平一仄，就是最要緊的一條；基本上得做到上下聯平仄相對，是另一條；別老一平一仄地蹦，是又一條；最多三個同平聲或同仄聲的字就換，是再一條；有這四條打底，也就夠使的了。

二、當代一些聯家總結對聯格律，已有相當大的成果。如常江等位同志在《中國對聯大辭典》等書籍中總結出的「句式」「聯格」和其他對聯知識，相當細緻而又適合實用。余德泉學長的新著《對聯格律‧對聯譜》和《對聯通》兩書，提出了許多有關聯律的創見，研究「馬蹄韻」的格律，就是他的創獲。我們應該認識到，古代聯家在創作對聯時，往往是自發地使用了聯律。他們也沒有現代語言學知識。

當代楹聯研究者對聯律的研究已經是自覺的，成就遠遠超乎古人。為了學習好撰寫對聯，精益求精，我們必須向當代研究者學習，掌握他們的成果。但是，我們不能執此以苛求古人。就是對當代的某些非專業人士，只要他們在撰寫如應酬性質的對聯（例如寫壽聯或輓聯）時能做到如上面所說的四條打底，也就行啦！

「馬蹄韻」問題

有關聯律中的「馬蹄韻」，是近年來對聯界討論的熱點。我們剛才說過，余德泉學長的新著《對聯格律·對聯譜》和《對聯通》兩書，以及他寫的一些論文，都提出了許多有關聯律的創見，研究「馬蹄韻」的格律，就是他的創獲之一。筆者在這方面只是初學中的初學，不敢在本書中發表太多的學習體會。筆者建議讀者盡可能去閱讀一下余先生那兩部書。前一書由嶽麓書社出版，後一書由湖南大學出版社出版。

現在，筆者根據自己學習此二書的體會，談一談對「馬蹄韻」的粗淺認識。「馬蹄韻」的最基本的格律大致為：

一、兩平聲兩仄聲轉換一次，如：

平起式：—｜｜——｜｜—（平收）

　　　　—｜｜——｜｜——｜（仄收）

仄起式：｜——｜｜——｜（仄收）

　　　　｜——｜｜——｜｜—（平收）

二、有多個分句的聯語，各分句的尾字也按上述格律安排，如：兩個分句的，一般是上聯尾字先平聲後仄聲，下聯自然反之，即平仄對仄平；三個分句的，一般是平平仄對仄仄平；四個分句的，仄平平仄對平仄仄平。如此類推。

欲知詳情，務請閱讀余先生原著。

拙見以為，馬蹄韻在某些聯語中確實是客觀存在，古人對它可沒有太深入的研究，多半是自發地使用，使用者還不能説有很多；當代的人，自余先生為之揭示出格律後，研究楹聯的人，如中國楹聯學會的一些同志，很拿它當回事兒，自覺地使用，特別是應用它來從事評聯。因此，讀者要是有志於參加評聯投稿的話，有時就得按照此聯律來規範自己的創作。其實呢，一部份古人只是自發地應用此律，大部份人就不能嚴格遵守。他們腦子裏本來對這事就不十分清楚嘛。咱們呢，拙見依然是：

一、要了解這一聯律，可以遵照它去創作。

二、任何創作，形式服從內容，當然，也能影響內容。所以，筆者還是堅持上一小節中所說的，即尾字一定要平仄分明；多個分句的尾字，盡可能按馬蹄韻的要求辦。句中的字，盡可能兩個到三個字一換平仄，除了開頭外，別走單了。當然，上下聯相對的字，要盡可能做到平仄相對。

初學的人能做到這些，也就夠了。

最後，還得講兩點：

一、字越少的聯，如三字、四字的聯，越要講究平仄分明。

二、「一三五不論，二四六分明」，是格律詩的詩律寬限，不可濫用這條寬大政策。如果一句中超過百分之八九十都是平聲或仄聲，如五字聯中一三完全不論，形成四仄一孤平，可就不行啦。一個出句十個字，八個仄聲，就算失敗。

總之，筆者在前一小節中講的是寬律，嚴格按照馬蹄韻去作，算是一種嚴律。先學從寬，再求從嚴。

第二節　對仗問題

說對偶

對偶是一個修辭學範疇的術語，屬於漢語「積極修辭」的一個辭格。從某種角度上看，這個辭格是漢語所特有的，特別能通過漢字和漢字書寫的文字作品表現出來。漢語和漢字結合起來，共同對這個辭格提出明確的要求，那就是：

一、把同類的或對立的一組概念並列在一起。所謂一組，當然最少也得兩個，多則沒有限制。例如，我們在前面講過的劇曲和散曲中的對仗，常達三四個一組，就是這樣的。一般說來，這就算最多的了。對聯是額定的兩個一組（句中自對另說）。

二、對於並列在一起的概念，從現代的漢語語法角度看，提出的比較嚴格的要求有以下三點：

1、從語法中詞法歸類的角度看，應該是同類的詞語，至少也得是類別相近的詞語。例如，名詞對名詞，動詞對動詞，形容詞對形容詞等。從對仗的角度則要求更高。但是無論從對偶還是對仗來說，也都有許多通融的辦法。這些都留待講對仗時再說。

2、從語法中詞語結構的角度看，其結構最好相同。例如，並列結構的，偏正結構的，動賓結構的，動補結構的，聯綿詞類型的，單純虛詞類型的，最好各自為對。實在不行，動賓結構的對動補結構的還湊合，並列結構的對聯綿詞也還可以，並列結構的對偏正結構的就顯得很不工整了。

3、從字本位的角度看，一個字對一個字，這是起碼的也是嚴格的不能通融的要求。例如，「冰淇淋」對「牛奶」，三個字對兩個字，絕對不行。從詞法的角度說，就是單音詞要對單音詞，雙音詞對雙音詞，多音詞對多音詞。當然，在對仗實用中也有許多通融，這也留待下面再談。

三、除了有特別的要求外，一組對偶中上下不能出現重複的字詞。

四、從音韻方面，還要求對偶要平仄相對。作為修辭格的對偶，平仄相對不是其必需條件，在散文中尤其是這樣。只有律詩中的對仗對出句和對句的平仄有嚴格規定，古體詩和詞的對仗都有相對自由的地方。對聯的平仄要求與近體詩相同。

作為一種修辭格，對偶在所有的漢語寫作的文章中被大量運用。對偶在詩詞曲和駢體文等文體中的運用稱為對仗。對聯是以對偶修辭格為基礎的一種文體，它最直接地繼承了律詩中的對仗方式。

話對仗

「對仗」本是一種唐代百官公開奏事的方式。仗，指皇帝上朝時宮殿上的儀仗隊及其所持的儀仗，那都是兩兩相對的。對仗是「對仗奏事」的簡稱，指的是唐代中央政府機構（如中書、門下等省的主管者）和三品以上（包含三品）大官報告公事，御史等言官彈劾百官，都是對着儀仗公開上奏，這就是「對仗」。它是相對屏去儀仗隊和百官的「密奏」而言的。《資治通鑒》卷二百一十二中的「開元五年」內所記，《唐會要》卷二十五中「百官奏事」條中，都有相當明確的說明。請有興趣的讀者參看，不贅述。我們要說的只是，因為儀仗隊和儀仗是兩兩相對的，所以被借用來比喻詩文中對偶的字詞句了。這就與原意略有不同啦。原來的動賓結構變成並列結構了。這一點細微的差別，讀者知道一些也是可資談助的吧。

對聯的對仗方式直接繼承了律詩的對仗方式，所以我們講對仗，就從律詩的對仗說起。王力先生的《詩詞格律》一書中，對對偶與對仗有深入淺出的講述。我們下面所說的，也就是師說的引用與引申罷了。王先生說：

詞（按：指的是語法中「詞類」的「詞」）的分類是對仗的基礎。古代詩人們在應用對仗時所分的詞類，和今天語法上所分的詞類大同小異。不過當時詩人們並沒有給它們起一些語法術語罷了（王先生自註：有時候，也有人把字分為動字、靜字。所謂靜字，當時指的是今天所謂名詞；所謂動字就是動詞）。依照律詩的對仗概括起來，詞大約可以分為下列的九類。

1、名詞（王先生在後面還講到，名詞還可以細分為以下的一些小類：①天文②時令③地理④宮室⑤服飾⑥器用⑦植物⑧動物⑨人倫⑩人事形體。王先生還說：這十一類還不是完備的）

2、形容詞

3、數詞（數目字）（按：王先生在後面還講到，數目自成一類，「孤」「半」等字也是數目。所以，我們認為，王先生講的「數詞」，包括了數詞和量詞。我們統稱為數量詞）

4、顏色詞

5、方位詞（按：王先生是把「數詞」「顏色詞」「方位詞」用黑體字標出的，我們體會：這是在表明，這三類詞都屬於名詞範疇，各是一種特殊的名詞）

6、動詞

7、副詞

8、虛詞

9、代詞（王先生在後面特別註明：代詞「之」「其」歸入虛詞）

王先生還特別指出以下各點：

數量詞、顏色詞、方位詞很少跟別的詞相對；

聯綿詞（王先生稱為「聯綿字」）只能跟聯綿詞相對，聯綿詞中又再分為名詞性聯綿詞（鴛鴦、鸚鵡等）、形容詞性聯綿詞（磅礴、逶迤等）、動詞性聯綿詞（躊躇、踴躍等），不同詞性的聯綿詞一般還是不能相對；

不及物動詞常常跟形容詞相對；

專名只能與專名相對，最好是人名對人名，地名對地名。

應該說明，王先生所分的九類，是參酌古今定出的，專為對仗應用而設的，從當代的語法學角度看，起碼從邏輯上分類是不嚴格的。但是，從實際的對仗運用看，非常有用。在這裏提一句，以免有的人誤認為老先生犯邏輯上的錯誤也。

更應該說明，王先生以上所分的各類和所指出的各點，都是從最嚴格的對仗要求出發的。按照這樣的嚴格要求作出的對仗，稱為「工對」。沒有按以上的嚴格要求作的，就稱為「寬對」和「鄰對」了。

還應該說明，上一篇中講到的「三」「四」兩點，即除非有特殊要求，便不能讓相同的字詞在上下聯中同時出現；平仄要調勻，這兩點在對仗中自然是必須嚴格遵守的。

工對與寬對

上面兩篇，一個從修辭學的角度講對偶，一個從詩律的角度講對仗。從本篇開始，我們就既從詩律的角度，也結合對聯的實際來講對仗在寫作中的實際運用了。

工對，就是按上一篇中所介紹的王力先生所説的和我們所補充的那些「清規戒律」，按對仗的嚴格要求來從事對仗的寫作。也就是説：同類的平仄調諧的詞連接成上下聯作對語，就是工對。為了把工對的內涵再明確一番，我們不嫌重複，再把王先生在《漢語詩律學》中所定的更詳細的分門別類的對仗的「種類」抄錄如下（例字例句略）：

第一類：甲、天文門；乙、時令門。

第二類：甲、地理門；乙、宮室門。

第三類：甲、器物門；乙、衣飾門；丙、飲食門。

第四類：甲、文具門（包括文人用品）；乙、文學門。

第五類：甲、草木花果門；乙、鳥獸蟲魚門。

第六類：甲、形體門；乙、人事門（一部份由動詞轉成）。

第七類：甲、人倫門（人品包括在內）；乙、代名詞對。

第八類：甲、方位對；乙、數目對；丙、顏色對；丁、干支對。

第九類：甲、人名對；乙、地名對。

第十類：甲、同義連用字（大致相似之義亦包括在內）；乙、反義連用字；丙、聯綿詞；丁、重疊字。

第十一類：甲、副詞；乙、連介詞；丙、助詞。

應該說明，以上王先生所分的十一大類和若干小類是有所本的，所本的就是專門為組織作對語而編寫的某種類書。此種類書大致按中國古代的「天、地、人」三才思想分類安排。較早的如唐代歐陽詢等編纂的《藝文類聚》（分四十七門），虞世南編纂的《北堂書鈔》（分十九門），徐堅等編纂的《初學記》（分二十三部）；再如宋代人編纂的《錦繡萬花谷》（前、後、續三集及別集共達六百餘類）；特別是清代人編纂的《淵鑒類函》《分類字錦》等。各種類書的編排次序大體上差不多，也就是說，鄰近的小類在各種類書中都是相距不遠的，它們大體上都是按照「天、地、人」三才的順序安排的，從南北朝起（唐代的大部份類書本於南北朝的現已失傳的類書）在寫作詩文時就這麼一代一代往下傳，各類之間的順序，就如胡同中的老住戶，誰挨着誰變動不大。在作對的時候，相鄰關係只下於本身一等。王先生的分類就利用了這種約定俗成的老關係。姑且按王先生的分類為基準，那麼，上述十一大類中的詞語，彼此作對的，就是工對。用相鄰的兩類詞語作對的，稱為「鄰對」，其工整的程度下於工對一等。再下一等的，則只要是跟前面《說對偶》一篇中講到的構成對偶的四點大致相合的，那也不能不算對仗，當然，它們是對仗中的「寬對」矣。

工對的例子：

向月穿針易，臨風整線難。（唐·祖詠《七夕》）
｜｜——｜　——｜｜—

南檐納日冬天暖，北户迎風夏月涼。（唐·白居易《香爐峰下新卜山居》）
——｜｜——｜　｜｜——｜｜—

以上是古人認為唐詩中上下聯全部工對的例子。

聞有集前人句題酒家樓者，云：「勸君更盡一杯酒；與爾同銷萬
｜—｜｜｜—｜　｜｜——｜
古愁。」可謂工絕。（清·梁章鉅《楹聯叢話》卷十一「集句」）
｜—

「工絕」，就是作得極好的工對。我們這本書中，錄入工對不少，請讀者慢慢地

觀賞吧。

句中自對

詞章家還創造出一種「句中自對」，就是在上下聯中，上聯與下聯本身之中就具有自行作對的詞語，有本身完全形成句中自對的，也有一部份形成自對的；然後再與和它對偶的一方作對。這就是工對中的工對了。下面，分別舉例說明：

看看句中自對的工對與寬對：

文峻若山，品清於水；
—||—　|——|
事稽在古，賢取諸今。
|—||　—|——

這一副聯語，既是句中自對，又是上下聯相對，堪稱工對。

此地是杜子橋邊，運司河下；

｜｜｜｜｜——　｜——｜

有時見風來水面，月上柳梢。

｜—｜——｜｜　｜｜｜—

這是清代杭州湧金門內杜橋茶館舊聯，句中自對較工，上下聯則成為寬對了。

長聯中應用連續地句中自對的方式，可以造成一種如辭賦中「鋪陳」的效果。這種作法，可說是從劇曲和散曲中大量使用的重疊句表達形式那裏學來的。先舉幾副長聯中的重疊式句中自對的例子：

看東驤神駿，西翥靈儀，北走蜿蜒，南翔縞素，……趁蟹嶼螺洲，梳裹就風鬟霧鬢；更蘋天葦地，點綴些翠羽丹霞。莫辜負四圍香稻，萬頃晴沙，九夏芙蓉，三春楊柳。

這是昆明大觀樓長聯上聯中的一部份，計有三組句中自對。頭一組四個重疊句；第二組兩個，其中共有四個分句；第三組又是四個重疊句。注意它們的領字。再看此長聯的下聯：

想漢習樓船，唐標鐵柱，宋揮玉斧，元跨革囊，……盡珠簾畫棟，卷不及暮雨朝雲；便斷碣殘碑，都付與蒼煙落照。只贏得幾杵疏鐘，半江漁火，兩行秋雁，一枕清霜。

這是下聯中的一部份，既與上聯遙遙相對，又自成三組句中自對。此聯作者孫髯翁。

看鳳凰孤岫，鸚鵡芳洲，黃鵠漁磯，晴川傑閣，……是何時崔顥題詩，青蓮擱筆？

這是清代李聯芳題黃鶴樓聯上聯中的一部份，計有兩組句中自對。一組四句，一組兩句，均有領字。再看下聯：

望漢口斜陽，洞庭遠漲，瀟湘夜雨，雲夢朝霞，……都付與笛聲縹緲，鶴影翩躚。

既與上聯句句相對，又是與上聯形式相同的句中自對。

最後，我們引王力老師題桂林月牙山小廣寒樓聯全聯：

甲天下名不虛傳：奇似黃山，幽如青島，雅同赤壁，佳似紫金，高若鷲峰，穆方牯嶺，妙若雁蕩，古比虎丘，激動着倜儻豪情：志奮鯤鵬，思存霄漢，目空培塿，胸滌塵埃，心曠神怡消壘塊；

冠寰球人皆嚮往：振衣獨秀，探隱七星，寄傲伏波，放歌疊彩，泛舟象鼻，品茗月牙，賞雨花橋，賦詩蘆笛，引起了聯翩遐想：農甘隴畝，士樂縹緗，工展宏圖，商操勝算，河清海晏慶昇平。

可以看出，在四個冒號之後，有兩大組相對的句中自對。一組是八句，一組是四句。

應該說，在詩文創作中，要做到每對必工是很難的，甚至可以說是辦不到的。

駢文和近體詩等文體中，就創造出一些在對句時句中一部份可以不必對的「但書」法則來。其中主要的，除了上述句中自對時有可以不必和應對的另一聯相對的寬對之外，就是人名、地名、朝代、年號、官職稱呼等，只要字數相等，在句中所佔的份量不太多，例如不到一半就行（如七字中佔三個），就是允許的。這也算是一種寬對。下舉數例：

情詞超邁高常侍；（唐代詩人高適，曾任散騎常侍）
— — — | — — |

書法清圓趙集賢。（元代書法家趙孟頫，曾任集賢學士）
— | — — | | —

文章典重張平子；（東漢張衡字平子）
— — | | — — |

居處清幽王右丞。（唐代王維曾任尚書右丞）
— | — — — | —

殘石臨丞相臣斯字；（秦始皇東巡六刻石傳為丞相李斯書）

—｜——｜——｜

名山續司馬子長文。（司馬遷字子長，「藏之名山」原典句出他的《報任少卿書》）

——｜—｜｜——

既然字面不成對仗，那麼，平仄就得稍微講求一些。起碼兩個尾字得一平一仄才是。因為這方面的寬對太多，所以偶有對得上的，便顯得突出，認為是工對了。更有專門以人名、地名組織成對的，當代徵聯評獎，往往出此類題。

對仗中的詞彙和語法問題

這個問題，既牽涉到平仄，也關聯到對仗。它是對聯格律中一個不太為聯家注重而又必須注意的問題。

前面我們已經討論過，從現代漢語的角度看，在對仗中除了注意平仄調諧外，還必須注意語法問題。這就是指：在相對的對仗中，它們所用的詞語以至句子，在構詞法和句法方面要力求相同，至少是相似。

漢語的構詞法中，單音詞主要可分為實詞和虛詞兩大類，這是古人相當明晰的。多音詞當然也可分為這兩大類，其構詞法中，應用最廣的是詞根複合構詞法，詞根加前綴或後綴的構詞法則是複合法的補充。下面，不嫌辭費，再把最基本的構詞法和句法的類型向讀者表述一番，您當熟的聽就是了。有幾位力能影響此書出版者，還希望筆者加上一些實例，只有照辦。

複合構詞法的主要類型有「並列」「偏正」「述賓（又可稱為動賓）」「述補（又可稱為動補）」「主謂」五大類。句法與構詞法是一致的，比較簡單的單句也可劃分為這五大類。下面，把這幾類詞語各舉數例：

並列類型的，如將帥，江山；松筠，桃李；錦繡，瓊瑤；文武，有無；次序，棟樑。應該強調的是：並列結構類型的詞語，和別種類型的詞語在對仗時幾乎不能通融。和某些聯綿詞倒還對付，如，錦繡可對琵琶；琉璃可對瓊瑤。

偏正類型的，如雅人，高士；少女，健兒；雲鬟霧鬢，旨酒嘉餚；青天，碧海；畫棟，珠簾；筵前，窗下；筆底，毫尖。應該強調的是：此種類型結構的詞語，和別種類型的詞語在對仗時也幾乎不能通融。

再說主謂類型的，如兔死狗烹，鶯歌燕舞。與別種類型的詞語搭配也極為困難，簡直是不可能。

最後，把「動賓」「動補」這兩種類型的詞語放在一起說說。古人似乎在作對時在這方面看得較開，有時不太像當代的語言學家那樣敏感。如烹茶，煮酒；放鶴，觀鵝；談玄，放火；送至，驅來。

詞根加前綴或後綴的構詞法比較簡單，常用的不過「老」「子」「兒」「頭」等幾個作綴的詞兒罷了。如「老子」可對「兒孫」。

還有幾種特殊的構詞法：疊音詞，聯綿詞，以及外來語的詞語翻譯。疊音詞大體上只能和疊音詞或臨時重複使用的詞語搭配。如瀟瀟，颯颯；了了，徐徐。聯綿詞和並列類型的詞語倒是可能搭配上。如蟋蟀，螳螂；爛漫，嬋娟。

漢語翻譯外來詞語有多種花樣：有單純意譯，單純音譯，音加意譯等。單純意譯的，如因緣（梵語 hetu-pratyaya），法性（梵語 dharmatā），方便（梵語 upāya），有情（梵語 sattva），無礙（梵語 apratihata），平等（梵語 sama）。這些詞語中的一大部份，均已融入漢語詞彙大家庭，產生了世俗性的擴大化了的新意義。可以參照上述幾大類型詞語，大體上能參與某種對仗就可加入。如，「因緣」可算進並列類型，「有情」可加入動賓類型。

單純音譯的，如袈裟（梵語 kaāya），茉莉（梵語 mallikā），有的加了偏旁，成為一種新型的「諧聲字」了。

音加意譯的，如當代詞語中的卡片（英語 card），卡車（英語 car），冰淇淋（英語 ice-cream）等均是。還有些加上些限定性詞語，如「胡」「洋」「番」「西」等，再用中土類似事物比附，羅莘田（常培）先生稱之為「描寫詞」（descriptive form）的，如胡餅，胡笳，胡床，胡琴，胡椒，胡麻，西米，荷蘭豆，西番蓮，洋槍，洋火，等等。這些，都可大致比附可納入的某種類型，進行對仗。如描寫詞，大都可歸入偏正類型。

漢語詞彙中還有許多簡略語。如，司馬遷可簡稱「馬遷」「史遷」等。特別是在許多官職、尊稱等等方面，花樣極多，不及備載，也不在咱們此書應該詳敍的範圍之內。

漢語的成語極多，它們的構成應用了構詞法和句法，沒有超乎這兩者之外。有人說，有例外，「亂七八糟」就是亂七八糟地堆積在一起的，無所謂構詞法，也就是說，用構詞法說不通。我們說，說得通。它們是三個詞語並列，即亂（外表看來混亂）＋七八（多而無秩序）＋糟（質地腐朽，無法整頓）。它們分別從三方面來集中形容某種事物。

古人是沒有我們現當代的構詞法和句法概念的，但他們在實踐中大致地心中有數。例如，並列型的構詞法構成的詞語一般地是不與其他四類詞語對仗的；偏正型的也不與此外三型的對仗；主謂型的也很少與其他兩型的對仗。這是古人自發地理解，並且大體上在自發地執行的。特別在單音詞中的某些虛詞方面，古人更是十分敏感。古人對仗，就是在這樣的比較模糊的界域中進行。實詞對實詞，虛詞對虛詞，這些古人基本上做到了。在其他的構詞法和句法方面，他們沒有近現代從外國輸入的構詞法和句法概念，比較馬虎。我們是不能苛求古人的。

可是，我們當代的人具有現代化的構詞法和句法等概念，就得對古人寬對自己嚴。特別是在參加徵聯時，如果不注意，很可能落選。筆者不嫌辭費，概括上述情況，貢獻幾條建議：

一、「動賓」「動補」尚可通融，別的最好別在對仗中配搭。此點在構詞法和句法中通用。

二、聯綿詞在對仗中可以和並列型詞語配搭。加前綴、後綴的詞可以和偏正型詞語配搭，特別是加後綴的更行。疊音詞只能與疊音詞配搭。

三、專名詞如學術術語、外來語、人名、地名等，對仗稍微差點尚可，對得好則為全聯生色。

四、使動用法、意動用法、名詞和動詞用作狀語等詞類活用方法，一定要努力學習運用。用好了，有畫龍點睛之妙。但在參加徵聯評獎時，最好給自己的作品中運用此類方法的情況加上附註，以免被不甚高明的初評審閱人給刷掉。

有人建議筆者在此處說說以上幾種用法。其實，讀者只要參考一些古代漢語書籍，便會比我這裏蜻蜓點水般只說幾句明白多了。特別是王力老師的著作，建議大家多多學習。我就是從那裏學來的。現在，且舉出一些例證來，請大家參看吧。

使動用法之例，如齊家治國平天下，精兵簡政，君子遠庖廚。最後一個例子極易被人誤會讀過，以為是君子遠離庖廚；實則君子乃那時的大人物、統治階級的代稱，他們是身不動膀不搖的，是讓廚房搬走，而不是自己離開。

意動用法，如《老子》「甘其食，美其服，安其居，樂其俗」可為代表。食物不一定那麼好吃，認為好吃，就是好吃了。

名詞和動詞用作狀語，如狼吞虎嚥，蠶食鯨吞；死守，根治，鳥獸散等，均是。

使動用法和意動用法等詞類轉變與活用，最早由我國中年早逝的優秀語言學家陳承澤先生在其傳世名著《國文法草創》中提出，實為創見卓識。亦請參照。

筆者總以為，使動用法和意動用法等，容易表現出模糊性，有時甚至造成混亂。王力先生早已指出，「敗之」（使動用法）、「勝之」同指一種情況。所以，當代科學著作絕不可以使用這類「詞類活用」。但是，詩詞曲、抒情散文以至對聯等，卻是應該大大的使用才是。

五、上一章內講到駢體文和對聯的關聯時已經說過，虛詞中，像「之」這樣的有限的幾個詞，可以在上下聯句中互對。但是，最好不這麼辦。

說多了反倒無效，使人無所適從。總之，結構、外表差不多的就能對得上。只是別忘了：還有平仄相對呢！靈活運用，神而明之，就存乎於您自己啦。

第三章 學習與練習

學習與練習寫對聯，要從初步的打基礎的練習方法開始。待有一定的水平後，再試驗應用一些高級的方法來鞏固與提高。

第一節　一些初步的學習與練習方法

解釋一些術語

在這裏，我們先把前面兩章中講過的，以及還沒有講到的一些和「對聯」本身相關的術語綜括在一起，不嫌辭費，再解釋一番。目的是，既便於初學者搞明白一些基本概念，更有利於此後的學習。

先說對聯，它有三個基本條件：①一組平仄基本調諧的對仗的句子；②從內容上看，共同表達一個主題；③它是一種綜合性藝術品，有載體。它與周圍的大環境應該調諧。

楹聯，原指懸掛在楹柱上的對聯，後來發展為對所有的對聯的一種雅致的稱呼。

但是，粗俗的對聯，如某些黃得露骨的喜聯，稱之為楹聯，恐怕它就當不起了。只可還叫它對聯吧。從這一點上看，對聯的涵蓋範圍比楹聯略寬。

單就對聯上的文字內涵來說，可以稱之為聯語。大部份聯語是成句的，有的還有分句，從而可稱之為聯句。對聯的一組聯句分上下，習稱上聯、下聯，合在一起就是全聯。上下聯，從平仄、對仗等方面看，都是相對的，稱為對句。另有一組術語：把上聯稱為「出句」，下聯則稱為「對句」。此「對句」與上下聯合稱「對句」的那個「對句」是兩種場合下的不同概念，閱讀相關書籍時，必須注意區分開。

對對子，就是組織起一對漢語語言和文字的對偶，從一個字到無數個字，只要能對得上就行。這種對偶，在詩句中稱為對仗。後來在對聯中也沿用了對仗這一專門性的術語。注意：光對對子，可以不必顧及是否能在意義上組成一副對聯，也就是說，不一定追求非得在最後寫成對聯。所以，對子還不是對聯，講對對子的書和講對聯的書，嚴格地說是兩類。清代梁章鉅編著的《楹聯叢話》，所錄絕大多數是楹聯的聯語，實用於載體之上就成了真正的楹聯。可是，同是他編著的《巧對錄》，所錄的絕大多數是對子，那是很難實用於載體上的。也就是說，那些都不是楹聯，或說不是對聯。但是，對對子，如果不是字詞對而是成句地對，也可稱為對句。當然，這裏所謂的對句，也是專就內涵說的，牽涉不到載體問題。

對對子是撰寫對聯的基礎，是寫對聯的基本功。但是，學習對對子不僅是作對聯的基本功和基礎，也是，或者說，從歷史上看，更是創作中國古代格律詩、寫作駢體文（包括八股文等）等詩文的基本功和基礎。講對對子的書籍，涉及古代啟蒙教育中為創作詩文做準備的面很寬。

當然，我們這裏主要講的是對聯，所以，講對對子，也是環繞着作對聯來講。

讀一兩本啟蒙的講授對對子的書籍

唐宋以來，特別是明清兩代，兒童一入學，認識了一兩千字，讀過幾本啟蒙書如「三、百、千、千」（《三字經》《百家姓》《千字文》《千家詩》的合稱）之後，就要練習對對子了。在學習對對子的同時，學習押韻。這都是為了給以後寫律詩，特別是寫試帖詩做準備，同時給寫八股文做準備。

講授對對子的書籍有多種，主要的常見常用的有《聲律啟蒙》、《笠翁對韻》

（笠翁是清初著名戲曲小說家兼大雜家李漁的字），還有《聲律發蒙》《對屬發蒙》《對類》等。

這種書籍大致上都是從一個字對一個字的對子開始，發展到十多個字的對句為止。從少到多，由淺入深。它們是按詩韻編排的，這就使學童在學習對對子的同時，也熟悉了近體詩的押韻。再進一步，為了學習寫近體詩，特別是寫試帖詩，就要經常參考《佩文詩韻》《詩韻合璧》《詩韻全璧》這類書籍。這種書籍中也附有現成的對子，當然更是按韻編排。所以，那時候的讀書人，對於我們前面講到的入聲字，不管是南方人還是北方人，在他們看來似乎都不成問題。這與他們自幼熟讀以上兩類書籍有關。

當然，上述兩類書籍主要是為作近體詩做準備的。可是，因為它們都從對對子入手，或是提供許多對對子的素材，所以古代（特別是明清兩代）人講授寫對聯，同時也用這種書籍啟蒙。或者說，是把學習寫對聯和作詩放在一起處理了。我們建議：初學寫對聯的人，也可從這方面入手。一則看看現成的對子是甚麼樣的，一則還可擴大自己的詞彙。這種學習方式經過上千年的實踐，證明十分有效。我們也應該試一試。

找現成的詞語做簡單的對對子練習

初學撰寫對聯的人，每每感到自己的詞彙有限。那就無妨先做一些簡單的對對子練習。從歷史上看，常用而有效的方法有以下幾種：

一、人名對

最簡便的方法是，找一部書，將其中的人名挑出來組成工整的對仗。擴而大之，用幾部書，甚至書籍目錄中的著者目錄、花名冊、點名簿等，都可用來作這類文字遊戲。但應注意：不可隨意將男女人名作成對子，除非他們是夫婦。切記，切記！就是用古人名字也不行。養成了壞習慣，很難改正。

在閱讀中國古代小說時，可以注意到，特別是明清的章回小說中，人物名字就經常成組成對。如《封神演義》第六十三回，殷郊的左右二將是溫良、馬善。《水滸傳》中杜遷（千）對宋萬，押送林沖的是董超和薛霸。《濟公傳》中兩大捕頭是雷鳴（明）和陳亮。此種例子不可勝數。可見對對子深入明清以來作家之心。他們所作的章回回目，也是一代勝於一代，越來越工整了。

作人名對，有時可以作成「無情對」，即字面上每個字能對上便可。在內容方面不作任何要求。實際上，人名對和我們下面要講到的地名對，差不多都是無情對。最著名的一副人名對，可以舉出「胡適之」對「孫行者」。出句是陳寅恪先生於一九三二年給清華大學出的入學試題。據說，全場以此為對者不過數人，其中有後來成為北大中文系教授的筆者的老師周燕孫（祖謨）先生，還有中國社會科學院歷史研究所的張政先生等。可與「孫行者」作對句的，還有「王引之」「祖沖之」等。

因為人名對在內容方面一般不作要求，在追求對仗和調平仄方面就一定得嚴格要求了。單從平仄方面說，起碼兩個尾字得一平一仄。進一步，因為人名也就二至四字為常，最好平仄全都調諧，不過很難做到就是了。如我們在前面提過的，唐代有一位「東方虯」，自稱數百年後的人們可以用他的名字與先秦的「西門豹」作對。實則從字面上看還可以，從平仄方面要求，則六個字中只有「豹」字是仄聲。好在一平一仄都屬尾字，勉強對付着算對上了吧。

熟能生巧，便可把幾個名字連在一起作對子，還可聯成句子，例如常被引用的一聯：

藺相如，司馬相如，名相如，實不相如；
魏無忌，長孫無忌，爾無忌，我亦無忌。

應該說明：人名對在做練習時因為內容方面不作要求，所以對起來還容易。真正放在對聯之中，可就難了。這問題在古代的駢文和近體詩等文體的創作中就很難辦，結果是用妥協的辦法解決：詩文中對仗的全句，只要別處作成比較工整的對仗，相對的兩個人名，只要求平仄調諧便可。發展到以名對字，以名對官銜、封爵、諡號等均可；甚至可以把人名、封號等去掉一兩個字，以求得對仗調諧。對聯繼承了這一傳統。試舉數例：

真人白水生文叔；
——｜｜——｜
名士青山臥武侯。
｜｜——｜｜—

這是清代河南南陽府城門樓上的一副對聯。文叔是漢光武帝劉秀的字；諸葛亮逝世後謚為「忠武侯」。這一則整體屬對工整，「人名對」部份，字面也是工整的，至於以字對不完整的謚號，則不必過於苛求。

上客盡知名，杜牧詩才，鮑昭賦手；

｜｜｜——　｜｜——　｜—｜｜

前賢有遺韻，魏公芍藥，永叔荷花。

——｜—｜　｜—｜｜　｜｜——

這是清代揚州府衙門客廳中一聯。說的都是本府衙門中發生過的名人故事，不贅述。只就人名對說一說：這是句中自對兼上下聯相對的格式。上聯講前賢中的客，都用姓名。鮑照的「照」字，避武則天的名諱（武則天本名武照，後改「照」為「曌」，喻自己如日月當空），用避諱代用字「昭」替代。清代人本不必避唐代諱，這裏是為了調平仄而故意使用。下聯中的「魏公」指北宋封為「魏國公」的韓琦；永叔是歐陽修的字。都是在這裏當過主官的。這組人名對，「公」對「叔」是調諧的，別的就馬虎掩蓋過去了。可見，人名對在對聯中要求不嚴。

正因要求不嚴，所以有了從內涵到平仄都調諧的工對，大家就都認為特別好。陸游《老學庵筆記》卷二載，李清照撰寫那一副名對：

露花倒影柳三變；

——｜｜｜——｜

桂子飄香張九成。

｜｜——｜——

後人都認為整體對仗工整。我們在前面已經分析過：「柳」和「張」都是《淮南子．天文訓》中記錄的「二十八宿」中南方的兩個星宿；「變」字與「成」字，「三變」與「九成」，都是古代音樂術語。蘇軾在此前曾有過一聯：

山抹微雲秦學士；

—｜——｜｜｜

露花倒影柳屯田。

—｜｜｜——

比起李氏的對句，工整方面就差一截子了。請讀者自行比較分析可也。

二、地名對

可以從書籍中、地圖中尋找配對。如按北京地名找：北海對西山，磨盤大院對煙袋斜街，東棋盤街西棋盤街對南蘆草園北蘆草園，等等。

還有用地名對人名的，如：陶然亭對張之洞。

清代光緒年間巴哩克杏芬女史編輯成《京師地名對》二卷，分二十類共五百餘副地名對，堪稱大觀。還有編輯杭州等地地名成書的，均可供參考。

三、書名、戲劇名、電影名對

魯迅先生是書名對能手。他自己寫的書，書名就兩兩相對。如：《吶喊》對《彷徨》，《偽自由書》對《准風月談》，《朝花夕拾》對《故事新編》，等等。

清代沈起鳳著《諧鐸》，書中各則題目均兩兩相對，如：狐媚對虎癡，夢中夢對身外身，奇女雪怨對達士報恩，菜花三娘子對草鞋四相公，等等。

戲劇名對，如：《烏龍院》對《白虎堂》，《三氣周瑜》對《七擒孟獲》，等等。

電影名對，如：《車輪滾滾》對《春雨瀟瀟》，《試航》對《創業》，等等。說相聲中的對對子，就經常用戲劇、電影名作對仗。

四、成語、俗語對

《巧對錄》等書籍中錄有此種對子甚多，可以參看，必要時採擇引入自己的對句中。例如：瓜熟蒂落對藕斷絲連；隔靴搔癢對畫餅充飢；守株待兔對打草驚蛇；風吹草動對日曬雨淋；靠山吃山靠水吃水對種豆得豆種瓜得瓜，等等。

閱讀「聯話」等聯語書籍

具備一定的屬對能力後，進一步應經常閱讀專門輯錄對聯及其故事的「聯話」「聯語集成」等書籍，借以擴大視野，並學習前人的經驗。「聯話」是輯錄前人成聯並加以評說的一種書籍，代表作品是清代梁章鉅父子編寫的《楹聯叢話》及其續編《續話》《三話》《四話》。有筆者和李鼎霞點校的《楹聯叢話全編》本，附載《巧對錄》等，有北京出版社一九九六年版。當代聯話不多，代表著作有香港梁羽生編著的《名聯談趣》，上海古籍出版社一九九三年版。

知交龔聯壽教授主編的《聯話叢編》，江西人民出版社二零零零年版，收錄《楹聯叢話》以下直至二十世紀前中期「聯話」近四十種，其中頗有現在已難得一見的品種。龔先生還為所收各書中所有的聯作做了索引，檢索稱便。此書除定價略高，沒有別的缺點。建議有志楹聯學術者，無妨買上一部。

大部頭的對聯集成之類書籍，雖然售價較高，可是包羅萬象，屬於對聯百科全書性質。有志者也無妨忍痛買一部，即使不能一勞永逸，也可應用多年。據筆者所見，這樣的大書有以下幾部：

《中國對聯大辭典》，顧平旦、常江等編，一九九一年中國友誼出版公司出版。

《中國對聯大典》，谷向陽主編，一九九八年學苑出版社出版。

《中華對聯大典》，龔聯壽編，一九九八年復旦大學出版社出版。

至於專科性質的對聯集成，如《春聯大成》《中華名勝對聯大典》等書籍，市上隨時有售，也可隨機購買。

總之，要常讀對聯專業書籍，有的要精讀。

這裏特別向讀者推薦上海辭書出版社一九九四年出版的《絕妙好聯賞析辭典》，

此書是筆者所有的唯一一部對聯鑒賞書籍，收錄了優秀聯作千餘首，分為六大類。每一聯之後均有簡要的分析欣賞文章。作者數十人，均為名宿。若是熟讀此書，「不會編聯也會編」啦！

必須注意的是：明清時期流行一些低級趣味的主要供小兒對對子參考的入門書，如所謂《解學士（解縉）神童鬥對》之類。當代還有翻印的，有的電視劇中在引用。千萬別從那裏入門！那是「魔道」，絕非正道！一進門就學油嘴滑舌，要戲人取樂，以後就不好改了。學對聯，要先學講「聯德」！

第二節　集句聯語

說集句

集句，就是集古人成句。集句聯語是各種體裁的集句中最為流行的。從所集體裁看，有集各體文，集碑帖（也是一種特殊的集文），集各體詩，集詞，集戲曲等。

集俗語、成語、熟語等，按說也屬於集句範疇，但往往與我們上述的人名對、書名對、戲劇名對、地名對等另列為別一類。我們這裏討論的，就以集文章和詩詞曲的集句為限。

從所集範圍看，則有從單一種材料中選材的，如，集名家專集，從李白、杜甫等大作家的詩文集中選材便是。集專書，從《莊子》《論語》《詩品》《華嚴經》等書中任何一書內選材便是；甚至從一部雜纂性質的書中選材也算，如從《易林》一書中選材（此書中的吉祥詞語頗多）；還有從傳世的著名的總集中選材的，例如從《文選》《花間集》中選材。還有從兩種以至多種材料書中選材的。上下聯只兩句的，當然只能從兩種材料中選；若是多於兩句，比如說四個分句吧，就可以（不是必須）從四種材料中選了。這裏面的花樣可就多了。例如，集詩，有專集唐詩的，有唐宋詩相配的，甚至有從唐代到清代的詩隨便相配的，還有集古人成句配上自己撰寫新句的；集詞，就更是從唐、五代、兩宋之間（唐宋配明清以至近現代的少見）隨意配合了。

前人常常利用集句來作為一種高級的作對聯練習。做這種練習有種種好處：一則能熟悉對聯作法，特別是如何巧妙作對仗，同時練習調平仄，因為近體詩的對仗和平仄是對聯的對仗和平仄的基礎。二則還可就此熟悉所用的材料，如利用李白、杜甫的詩句作對仗，經常使用，肯定對這兩位大作家的作品會加深理解，起碼是一回生二回熟。三則積累了內容多種多樣的資料，需要時可以派上用場。如果自己要撰寫壽聯、室內外聯、春聯和輓聯等時，這些聯料就可供選擇了。

明清以至近現代，明白做這種練習的好處的人很多。他們配搭出許許多多的集句聯，已經發表的不少。聯話和各種類型的對聯集裏面大多闢有專門的章節採錄之。更有專書，如谷向陽、何慧琴等編著的《中國唐詩聯集成》，是專門集唐詩的；集詞的，則有近代邵鋭編著的《衲詞楹帖》等書。集句代有專家，如梁啟超先生，就是著名的集詞大名家。

集句作來比較困難，需要有較高深的文學素養，要有博覽群書的基礎。它的難點，也就是對集句的要求，主要有下列幾條，今姑以最常見的集詩句為例，略作說明：

一、最好以大作家的名句配對。如用杜甫詩集中的詩句自相匹配：

聞說江山好；（《東津送韋諷攝閬州錄事》）

——|——|

終嗟風雨頻。（《通泉縣署屋壁後薛少保畫鶴》）

———｜—

甘從千日醉；（《白首》）

———｜｜

恥與萬人同。（《敬簡王明府》）

｜｜｜——

或者，用兩位偉大作家的詩句相互匹配，如用杜甫與李白的詩句相對：

柳深陶令宅；（李白《留別龔處士》）

｜——｜｜

月靜庾公樓。（杜甫《秋日寄題鄭監湖上亭三首》）

｜｜｜——

讀書破萬卷；（杜甫《奉贈韋左丞丈二十二韻》）

｜—｜｜｜

落筆超群英。（李白《望鸚鵡洲悲禰衡》）

｜｜——

退而求其次，唐代詩人詩句互對，如果相對的兩句詩句好，也能說得過去：

閒看秋水心無事；（皇甫冉《秋日東郊作》）

——｜｜——｜

靜得天和興自濃。（劉禹錫《和僕射牛相公見示長句》）

｜｜——｜｜—

實在不行，唐宋兩代的詩句還可互對，前提也是要對得好。如吾師吳小如先生

集聯：

晚覺文章真小技；（蘇軾《宿州次韻劉涇》）

｜｜——｜｜

春來花鳥莫深愁。（杜甫《江上值水如海勢聊短述》）

——————

二、集句之難，難在銖兩相稱。所集的上下聯中的句子，必須工力悉敵。不然，就好比上天平稱量，輕重立判，份量差一點兒也能感覺出來的。例如，唐代詩人李賀有一名句「天若有情天亦老」，風格蒼勁，氣象雄渾。有人用北宋石延年的詩句「月如無恨月長圓」來作對。應該說，這就是「的對」了，再也找不出比下聯這句更好的對句了。可是，下聯終覺份量不足。前後兩句給人的感覺不一樣，湊合着壓住了陣腳吧。石延年這一句詩句，本來知道的人不多，因為這一副集句聯名聞遐邇，反倒借此以傳。

三、書寫集句聯語時，常常要以附註方式將句子的出處寫出。就是不寫，也得防着人們詢問。因此，匹配的兩個（句子多時就可能在兩個以上）作家的身份必須顧及。所謂「薰蕕不同器」，如果相配的作家人格相差甚遠，即使句子本身能匹配，好人和壞人也不宜坐在一條板櫈上呀！例如，有這樣一副聯：

願持山作壽；（武三思《奉和過梁王宅即目應制》）

——————

潛與子同遊。（杜甫《送韋十六評事充同谷郡防禦判官》）

——————

對句本身怎樣姑且不論，那武三思是甚麼人？我們能這樣委屈「詩聖」杜甫嗎！所以，最好別去翻閱那些名聲不好的人的集子，不用他們的材料。

四、千萬別忘了：對聯上下聯是一起表達一個主題的。不可只顧對仗工整漂亮，而把不相干的內容硬往一塊兒拉。例如，上引武三思與杜甫詩作對一聯就犯了這個毛病。又曾見有這樣一副集句聯：

我覺秋興逸；（李白《秋日魯郡堯祠亭上宴別杜補闕范侍御》）

——————

君與古人齊。（李白《口號贈陽徵君》）

——————

也使人覺得像是兩碼事，聚在一起不攏氣。可見集句佳作難得，有時顯得像是可遇而不可求的樣子。類似情況，在相關的人名對、地名對、書名對中也有顯現。例如，《紅樓夢》，找何種能與此書齊名並肩的書，才能對得上它呢！從內涵方面要求，很難啊。

下面，按各種體裁的集句分述。

集詩句聯語

集各體詩的，在集句中最為大宗。從淵源看，一般認為集句始於集古體詩成句為全詩，發展到北宋，逐漸以集近體詩為主，這種作法在作家中開始流行，並經大作家提倡。明代楊慎《升庵詩話》卷一中說：「晉傅咸作《七經》詩，此乃集句詩之始。」清代袁枚在《隨園詩話》卷七中進一步闡述：「集句，始傅咸。……又作《七經》詩，其《毛詩》一篇皆集經語，是集句所由始矣。」這是從集古體詩溯源。至於北宋時集近體詩之成為風氣，則有如下幾條重要記錄：

集句自國初有之，未盛也。至石曼卿人物開敏，以文為戲，然後大著。至元豐間，王荊公益工於此。（宋．蔡絛《西清詩話》）

古人詩有「風定花猶落」之句，以謂無人能對。王荊公對以「鳥鳴山更幽」……本宋王籍詩，原對「蟬噪林逾靜，鳥鳴山更幽。」上下句只是一意。「風定花猶落，鳥鳴山更幽。」則上句乃靜中有動，下句動中有靜。荊公始為集句詩，多者至百韻，皆集合前人之句。語意對偶往往親切過於本詩。後人稍稍有效而為之者。（宋．沈括《夢溪筆談》卷十四）

與王安石同時的孔平仲亦曾集句為詩，並且贈與蘇軾。蘇軾就寫詩讚美他這種集句方式，說：

羨君戲集他人詩，指呼市人如嬰兒。（《次韻孔毅父集古人句見贈》五首之一）

今君坐致五侯鯖，盡是猩唇與熊白。（同上，五首之二）

前生子美只君是，信手拈得俱天成。（同上，五首之三）

真是稱譽備至。從中可覘知一時風氣焉。

後來逐步發展為集各體詩均可。如，集四言，主要以集《詩經》和曹操、陶淵明等人的為主。還有集「楚辭」體的。但是在集詩句成詩中都不怎麼流行，恐怕是因為材料少之故。集古體詩和近體詩而成詩，特別是集近體詩中的七言詩的最多。明清兩代盛行集詩，在某些場合，甚至被看作顯示文才詩才的一種極好的方式。例如，清代沈起鳳《諧鐸》卷八「十姨廟」一則中，那十位女性知識分子各集七律一首，以為唱和，就是一個逞才炫學的典型例證，用來反襯出同坐的男性草包之無能。文繁不贅引，請有興趣的讀者自行參看。

集句聯語，就是從集句詩發展而來的。集詩，一般追求集成律詩，要的就是中間那兩聯。可是得八句才能成詩，也不太容易集成並集得好呢。集聯，從集詩的角度看，只集一聯，可就簡易多了。

集近體詩詩句的，成果最多，也最容易落好。因為近體詩主要就是五言、七言二體，每一體的平仄就那麼幾種安排，所以，集句時調平仄很容易。這是一。近體詩中，《全唐詩》連補遺，存詩不下五萬首，除去古體詩不算（其實，集句時，古體詩也能和近體詩的詩句搭配），近體詩起碼還存有三萬多首左右，北宋以下則更多，材料足夠用的。這是二。從古及今，近體詩的內容涉及面十分寬廣，除了工業化和當代革命化等內容（當代詩人也開墾了這塊處女地）外，古代近體詩中無不寫到了。這一點，和詞曲，特別是和詞比較一下，就可看出近體詩的園地是如何寬廣了。用來搭配撰寫各種內容的集句，如壽聯和喜聯，輓聯，門聯和行業聯，等等，無不得心應手。這是三。近體詩集句為集句聯之正宗，蓋無疑義。近體詩集句的成聯記錄也最多，請閱覽各種聯話聯書，還有專門集近體詩的著作，均不贅述。這些都足供參考並從中變化取材。這是四。

現在，取幾副近體詩集句成聯，略觀其實用範圍：

文章輝五色；（李白《溧陽尉濟充泛舟赴華陰》）

——————

心跡喜雙清。（杜甫《屏跡三首》之一）

——————

這副聯是可以贈與文學家的。

汲古得修綆；（韓愈《秋懷》之五）
——————
開懷暢遠襟。（褚亮《臨高台》）
——————

這副聯是可以贈與研究中國古代學術的中老年名家的。

深情託瑤瑟；（賈至《長門怨》）
——————
逸氣凌青松。（李白《送長沙陳太守》）
——————

這副聯可以贈與音樂界人士。

白雪任教春事晚；
————————

貞松惟有歲寒知。

——————

這兩句都是集元好問的詩句，上聯出自《寄答飛卿》，下聯出自《寄謝常君卿》。此聯很適合贈與年老的經歷過世事艱難又堅持個人理想的女性，特別是老年比丘尼。給有以上經歷的老年女性作輓聯也很合適。筆者就曾借來輓原北京市衛生局副局長、中國農工民主黨的一位老領導人李健生先生。用作輓聯的優點是，一洗悲啼哀怨之氣息，是兩個莊重沉穩的比喻。

近體詩中存詩最多的大名家是陸游，「六十年間萬首詩」是他自己的粗略統計，包括古體詩在內。他的詩，內涵覆蓋面寬廣，慷慨激昂、優雅恬靜等各類型的全能找到。因此，專門集陸游詩句的很多，成果發表的也不少。因為他的詩句多，似乎還能有發掘的餘地。

例如，北洋政府時代，章士釗是政界名人，楊小樓是京劇泰斗，有人尋開心，懸賞，出題目：把他們兩位作成集句聯。居然有集得挺好的：

小樓一夜聽春雨；（陸游《臨安春雨初霽》）

——|——|

孤桐三尺瀉寒泉。（陸游《聞虜亂代華山隱者作》）

——|——|——

集的都是陸游的詩句。「孤桐」是章士釗的號。「小樓」這一句是名句，用在此處還起雙關效應。相比之下，「孤桐」作對句稍差。

杜甫和李白、李商隱、蘇軾、黃庭堅，大概已經被大家伙兒「扯」得差不多啦。清末民初，青年人喜愛龔自珍詩文的不少，集龔詩也是一時風氣。其中最為優秀的一聯，拙見當推冰心先生年輕時所集：

世事滄桑心事定；（《己亥雜詩》第一百四十九首）

|——|——|

胸中海岳夢中飛。（《己亥雜詩》第三十三首）

——|——|——

此聯由梁啟超先生書寫，冰心先生後裔至今珍藏。它必然會成為聯史上寫作俱佳的名作之一，永垂千古。

集詩句，以往全憑記憶與翻閱詩集，事倍功半。現在有了許多古籍索引，就好辦多了。當代又有人——例如中國社會科學院文學研究所欒貴明同志等位——將《全唐詩》中的幾十位大名家詩集全文輸入電腦，做成軟件，同時將其中一部份詩集索引印製成單行本書籍，檢索十分方便。首都師範大學電子文獻研究所尹小林同志也製成《國學寶典》光盤，包羅古籍千百種。北大中文系李鐸同志領導做成的中文數據庫，規模龐大，不斷擴展。還有如《四部叢刊》光盤等帶檢索功能的多種光盤。如果把這樣的索引都利用起來，從字詞和句式等方面進行選擇搭配，極可能在短時間內編製出大量集句。有興趣的同志無妨一試，比在電腦上玩打麻將、打橋牌等遊戲強多了。附帶說一下，《詩經》《楚辭》雖然也都有字詞索引，但集起來很不容易。即以《楚辭》而論，筆者所見，以魯迅先生從《離騷》中所集一聯為最佳：

望崦嵫而勿迫；

——————

恐鵜鴂之先鳴。
｜————

集詞曲聯語

我們在前面已經説過，集詩句比較容易，因為詩的平仄格律較為簡單，就是那麼幾種。特別是在集近體詩時，不過是把格律相同或相近的兩句移到一起成為對子罷了。主要考慮的是對仗。所以，詩句對仗的海洋十分廣闊。集詞和集曲則困難重重。它們都是長短句，有的還帶襯字。各種詞牌、曲牌對平仄、押韻的要求可謂五花八門，可用來作成對句的材料範圍甚窄。因此，集詞曲常常是勉強湊合着出成品，工對甚少，平仄調諧合律的也不多。

下面列舉的是我們認為對仗好的集詞聯，先舉郭沫若集毛主席詞所成的聯語：

江山如此多嬌，飛雪迎春到；（《沁園春·雪》和《卜算子·詠梅》）
———｜—— —｜——｜

風景這邊獨好，心潮逐浪高。（《清平樂．會昌》和《菩薩蠻．黃鶴樓》）

—｜｜—｜｜ ——｜｜—

接着再舉集古代人所作詞曲的：

雙槳來時，有人似桃根桃葉；（姜夔《琵琶仙》）

—｜—— ｜—｜———｜

畫船歸去，餘情付湖水湖煙。（俞國寶《風入松》）

｜——｜ ——｜—｜——

冷香飛上詩句；（姜夔《念奴嬌》）

｜——｜—｜

流鶯喚起春醒。（吳文英《高陽台》）

——｜｜——

更能消幾番風雨？（辛棄疾《摸魚兒》）

｜——｜——｜

最可惜一片江山！（姜夔《八歸》）

——————

吹皺一池春水；（馮延巳《謁金門》）

——————

能消幾個黃昏！（趙德麟《清平樂》）

——————

可以看出，各聯中平仄不合處甚多。前面我們已經說過，梁啟超先生是集詞成聯的大家。他所集的成品，集中在他的全集最後的《苦痛中的小玩意兒》一文中。請有興趣的讀者自行參看，不贅引了。

集戲曲中詞語的，看來更難。這樣說的根據是，到現在，從各種聯書的記錄中，沒有找到幾聯特別好的。下面略舉幾聯如下：

願天下有情人，都成了眷屬；

——————

是前生注定事，莫錯過姻緣！

｜——｜｜｜　｜｜｜——

上聯出自王實甫《西廂記》，下聯出自高明《琵琶記》。此聯原來懸掛在杭州西湖月下老人祠堂內，膾炙人口。別處的月下老人祠堂也有照抄的。但是，大多忽略了它的出處。

千種相思向誰説；

—｜——｜—｜

一生愛好是天然。

｜—｜｜｜——

上聯用《西廂記》，下聯用《牡丹亭》。銖兩相稱，從內容到對仗都非常漂亮，又顯得很雅致，使人幾乎不想去追尋它原來是寫給何種身份的人的了。

還有一副匹配得簡直可說是匪夷所思的聯語，也讓我們拋撇開它的贈與目的和對象，且觀賞它的集句意匠，特別是闕合得極好的地點吧：

此地有崇山峻嶺，茂林修竹；
——————————
則為你如花美眷，似水流年！
——————————

上聯取自王羲之《蘭亭集序》，下聯出自《牡丹亭》。

集文辭聯語

由於實行科舉制度，舊中國的讀書人對「四書」「五經」都很熟悉，自然而然地就用來作集句聯語。此外，用《詩品》、《文心雕龍》、前四史、諸子、《易林》、唐宋八大家的名作等書籍中的句子進行搭配的也不少。明清到近代，集成的聯語極多。有編成專書的，有採錄在各種聯話中的，請有興趣的讀者參看。在這裏，僅舉一些不出於經史的吉祥美好的集聯，聊供參照：

福喜上堂，與歡飲酒；
｜｜｜—　｜—｜｜
慶賀盈户，使君延年。
｜｜—｜　｜———

此聯可用作春聯。

喜至慶來，鼓翼起舞；
｜｜｜—　｜｜｜｜
名成德就，拱手安居。
——｜｜　｜｜——

此聯可贈與離退休老人。

五方四維，平安無咎；
｜—｜—　—｜—｜
萬歡千悅，喜慶大來。
｜—｜　｜｜｜—

此聯可用於各種節慶場合。

以上三副聯，均集自《易林》。還可以集成許多四字短聯，如：「移居安宅；駕遊大都。」「天下悅喜；君子仁賢。」「遊觀滄海；飛入大都。」等等。這部書裏的吉祥詞句確實不少，可以搭配使用。

妙機其微，是有真宰；
｜——　｜｜—｜
遠引莫至，忽逢幽人。
｜｜｜｜　｜———

紅杏在林，幽鳥相逐；
—｜｜—　—｜—｜

可人如玉，清風與歸。
｜——｜　——｜—

明月雪時，金尊酒滿；
—｜｜—　——｜｜

風日水濱，碧山人來。
—｜｜—　｜———

以上三副聯，均集自司空圖《二十四詩品》，都可作室內聯或點綴名勝園林。《十三經》中各種經書，現在每一種均有字詞引得，還有綜合性的句子索引《十三經索引》。前四史也都有字詞引得。先秦諸子也都有字詞引得或索引。漢代以下的名著，編有字詞索引的也不少。例如《論衡索引》《文選索引》等。利用這些工具書和前述的各種光盤，編製集句不難。順便説一句：原哈佛燕京引得編纂處所編的 Index 稱為「引得」（音兼意譯），現由上海古籍出版社影印出版。別處所編的 Index 稱為索引（現通用此種意譯）或通檢（中法漢學研究所編纂的用此種意譯），其實都是 Index 或 Concordance（字詞索引）的一種漢譯。筆者經常使用的就是尹小林先生編成的可以隨意檢索的《國學寶典》光盤，找不着的（如陸游的集子就沒有），則向北大的李鐸同志諮詢。

集句的前程，看來是越來越廣闊與光明了。

碑帖集句與集字

碑帖集句與碑帖集字（簡稱集字），都是利用現成的碑帖拓片，從中選出字來搭配成聯語。但是，集句集的是碑帖中現成的句子，屬於集句範圍。集字則只是挑出碑帖中原有的字，不按原來的字句，任意搭配。它不屬於集句範疇，但是，因其無所歸依，一般聯語書籍中都附着在集句中敍述。

碑帖一般字句不多，又很難與別的碑帖配伍，因此，集句很難，成聯極少。下面只舉上海豫園一笠亭聯，乃清代陶澍所作：

游目騁懷，此地有崇山峻嶺；
—｜｜—｜｜——｜
仰觀俯察，是日也天朗氣清。
｜—｜｜｜｜—｜—

這是集王羲之《蘭亭集序》，集成這樣，就算很不容易了。對於此聯的平仄，也就不能要求太高啦。附帶說一下：一笠亭在豫園內大假山之旁，所以陶澍以「崇山峻嶺」來比擬，實則說此假山是槐安國的崇山峻嶺還差不多。可見集碑帖中的字句真是不容易呀！

集字，一則所集是大書法家的名筆，省得書聯者自己獻醜。二則比集句自由得多，可以一個字一個字地找尋，任意搭配，所以聯家從事集字以備不時之需者不少。可是，如我們下面將要討論到的，一種碑帖拓片的字數不一定很多，周轉的餘地也不見得很大。這是集字先天不足之處，無法為之彌補的。清代梁章鉅編著的《楹聯叢話》卷十一，論及集字者多處，今引數則。其中一則云：

陳曼生郡丞有集《三公山碑》字一聯，云：

老屋三間，可蔽風雨；

｜｜——｜｜—｜

空山一士，獨注《離騷》。

——｜｜ ｜｜ ——

又一則云：

柳誠懸所書《玄秘塔銘》，雄偉奇特，最宜於作楹聯。有集字成句者云：……

窮經安有息肩日；

———｜｜—｜

學道方為絕頂人。

｜｜——｜｜—

再一則云：

顏魯公《爭座位帖》字不及寸，而拓作大字，則有雄偉之觀，勝於臨摹他跡。近有集帖字為楹聯者，語亦岸異不群。七言云：……

清時盛治人同仰；
——｜｜——｜
名世高文眾所師。
—｜——｜｜—

……八言云：……

立德立功，居之以敬；
｜｜｜—　——｜｜
友直友諒，尊其所聞。
｜｜｜｜　——｜—

再一則云：

王右軍《蘭亭序》字，執筆者無不奉為矩型。近人有集字為楹聯者，亦自巧思綺合。五言云：

暢懷年大有；

｜—｜｜

極目世同春。

｜｜｜——

……七言云：……

遇事虛懷觀一是；

｜｜——｜｜

與人和氣察群言。

｜——｜｜——

八言云：

畢生所長，豈在集古；

|—|—　||||

閒情自託，亦不猶人。

——||　||——

再一則云：

懷仁《聖教序》，本集右軍遺字而成。近復有集序中字作楹帖者，古雅可喜。五言云：……

雲霞生異彩；

——||

山水有清音。

—||——

……七言云：……

松濤在耳聲彌靜；

——||——|

山月照人清不寒。
——｜——｜——

再一則云：

歐陽率更書《醴泉銘》，字最方整，臨作楹帖尤宜。有集字成聯者，七言云：……

一室圖書自清潔；
｜｜——｜——｜
百家文史足風流。
｜——｜｜——

再一則云：

室臨春水幽懷朗；
｜——｜——｜

坐對賢人躁氣無。

——此姚姬傳先生（鼐）集《褉帖》字聯。……

以上引了這麼多，目的是請讀者仔細看一看，從中看出集字的困難：

首先，它必須集的是某位大書法家的某一篇文字，如上舉絕大多數都是出自一帖便是。起碼也得像懷仁的集字成《聖教序》那樣，集某位書家的某一體書法。不然，字體可就不一致啦。

其次，碑帖上的字一般都不大，而楹聯上的字則要求放大。明清時代，一般採用兩種辦法中之一：一種是把拓片豎起，前面放上照明器具（如燈籠），再在牆上安放白紙，調好距離，拓片上的字影落在白紙上，再進行勾勒。高手做得好就能亂真。另一種是基本上採用臨帖的方式，那也得高手才行。清末，西方印刷術傳入中國，影印時放大縮小不成問題，像有正書局等出版業就大量製作這種影印楹聯。當代榮寶齋、朵雲軒等經營木版水印的單位，幹這樣的活計則更上一層樓矣。不過，這也提醒集字者：所集的字要禁得起放大才行。梁氏在上引的《楹聯叢話》這一卷中，也曾就此討論過：

> 敬客所書《王居士磚塔銘》，乃褚派也。近人喜學之，姿態橫生。惟以作大字，則規模稍有不足。

他的意思是，用這樣的帖作底本放大，差一點。

最後，從前兩條限制看，能作集字底本的碑帖拓片不多。每種拓片或某位書法家留下的同類字體碑帖上的不同的字，不會太多。至多也就是比《千字文》多一些罷了。因此，拼湊時可供選擇的回旋餘地不會太大。集字成聯者首先得考慮連綴文字成為一組可以作對仗的句子，也就是首先考慮文義。至於平仄，除了兩個尾字必須一平一仄以外，別處勢難兼顧，也就得馬虎一些啦。我們看上面所引的那些集字聯，全聯平仄調諧者極少，可為我們這一條的說法作為證據。

那麼，為甚麼還要集字？答案可能有兩個：一個簡單，就是迎合某些人愛好大書法家法書的心理。另一條也不複雜，就是製造假古董騙人。試分析下舉數例：

康五者，都門賣估衣家（按：就是賣成品衣服的）也。詼諧善謔。以廉值買得一古聯，紙色黑暗而無題識姓名，其句云：「青璅花輕重；銀橋——————柳萬千。」廉玉泉秋曹過而愛之，斷其為文衡山（按：就是明代大書法家文徵——明，他的書法在清末已經很值錢了）之筆。適銘東屏大令乘款段出宣武門，廉呼而示之曰：「此待詔墨寶也。」銘大哂曰：「此廊坊戴本義之作偽，以藥水染紙，遂似數百年物耳。實不值百錢也。」廉不能平，大相詬詈，一市粲然。康和解之，廉卒以三千買歸。（《楹聯四話》卷五）

這位廉先生肯定是上了大當。不過原作偽者膽子也不算大，還沒有敢代替文徵明寫上下款，只是做舊了，您看着辦，看是誰寫的就算誰寫的，也就得算是願者上鈎吧。

廉先生所以上當，大概就因為此聯是集文徵明的字，還極可能是臨的呢。過去先慈擁有的我祖父收買的、外家積存的這種對聯好幾十副，包括趙孟、董其昌、文徵明、唐寅等大書法家的，應有盡有，盡是冒牌貨。我看全是臨的。倒是幾副華世奎所書，真跡無疑。這些在「文化大革命」中均被抄走了，落了個「一片白茫茫大地真乾淨」。

下面再看需要比較深入分析的《紅樓夢》中的兩副室內聯。

第五回中，描寫秦可卿的臥室：

入房，向壁上看時，有唐伯虎畫的《海棠春睡圖》。兩邊有宋學士秦太虛寫的一副對聯。其聯云：

嫩寒鎖夢因春冷；

——————

芳氣襲人是酒香。

——————

按：「襲」字，有些版本中作「籠」，平仄合律。

第四十回中，描寫探春的臥室：

一時吃畢，賈母等都往探春臥室中去說閒話。……鳳姐兒等來至探春房中，只見他娘兒們正說笑。探春素喜闊朗，這三間屋子並不曾隔斷。……西牆上，當中掛着一大幅米襄陽《煙雨圖》，左右掛着一副對聯，乃是顏魯公墨跡。其聯云：

煙霞閒骨格；

——————

泉石野生涯。

——————

東邊便設着臥榻。……

盡人皆知，唐代到北宋，根本就沒有室內聯流傳下來。秦可卿臥室中那副聯，肯定是假古董。但因這一回的描寫象徵意義很強，所以人們不太把這副聯當真。可要是和探春室內的那副聯合在一起看，探究它們的真假，就能使我們得出如下的認識：首先，賈府（注意：不是作者曹雪芹）上下的文物鑒定水平簡直不行，比民國初年的某些暴發戶軍閥強不了多少，肯定讓詹光、單聘仁他們與古董商裏應外合，騙走金錢不老少。其次，這些假古董對聯大約都是集字而成。這一點著者曹公不會不明白，所以他對探春室內的聯以「墨跡」二字概之，反正「假作真來真亦假」，讀者自己去鑒定吧。至於秦可卿室內那副聯，則是用浪漫派粉飾室內環境的辦法，使讀者在朦朧中自己咂摸去。連那幅唐伯虎的畫，是真是假，也就與其他室內擺設合在一起，讓您去想想這是怎麼一齣戲啦！曹公真乃神來之筆也。最後，曹公用的雖是假古董，一聯之微，卻說明了室內主人的身份、愛好、精神世界等多種問題。例如，探春的性格、愛好，以及她作為一個雖有相當高的文化水平，卻很缺乏文物鑒定常識（也包括賈府大小主子）的少女的精神世界，通過那一副聯語揭露無遺。秦可卿臥室的整體佈置，令人想像明末清初淮揚與南京秦淮河高級妓女與「瘦馬」房間內的陳設。那可不像官宦家庭少奶奶的臥房啊！泣鬼驚神筆一支！《紅樓夢》真乃中國小說中環境描寫的典範之作，令人嘆為觀止也。

近代文人遊戲中，有一種「詩牌」，即是擬出若干單字來，大略如小兒識字用的字塊，一字一塊。幾個人像打撲克牌那樣出牌，以聯成一句或一首詩定勝負。方法多種多樣。其實，集字就可用此法：買一本售價便宜的字帖，剪成字塊，大家打牌，以集字成聯賭勝負。那就能很快地編出大批聯語來。一本編完，再編另一本。常編常新，比玩撲克牌或打麻將的文化意蘊要高級多了。若是確定主題，譬如這一次玩兒，是給某個大型新建築如賓館、旅遊景點配若干室內外聯語，那還能產生社會效益呢。

曾記得業師吳小如先生審查筆者「集句」這一節的舊稿時，認為「集字」已是過去的事。言外之意，就是不必如此浪費筆墨詳細討論。老師的意見非常對。可是，當代有新的情況出現。例如，弘一法師留存大量寫經墨跡，且經多次影印流傳；啟元白（功）先生和趙樸老（趙樸初先生）也有大量手跡並經影印行世，趙樸老留存的寫經影印本也多。即以寺院集聯而論，我曾經建議一些新修整的寺院，與其花大錢請書法家撰聯寫聯，還不一定合適（因為兼通以至精通佛法的書法家不是最多，可能說不到點子上），還不如從弘一法師撰寫的《華嚴集聯三百》等影印本中尋找相應的聯語，就用以放大應用。有的寺院，特別是文物系統管理的，為了節約、省事等緣故吧，採取了拙見辦理。我沒有想到，淺見會被聰明人擴大化使用了。我隨喜某寺院時，偶然見到自己撰的聯語赫然鐫刻在聯柱上，但沒有寫撰聯者姓名（謝天謝地！），下署書法家卻一為啟元白先生，一為趙樸老，而且倒填年月（因為我作聯時樸老已故）。我對於幹這活計的人士着實佩服到家啦！佛家是不打誑語的，一定出於外來人之手也。

第三節　話詩鐘

詩鐘

詩鐘是近代文化人文娛活動的一種。它是在限定的短暫時間內，限定的特殊條件下，創作七言對句的一種文字遊戲性質的活動。

為甚麼稱之為「詩鐘」呢？據説，在出題以後，把點燃的香橫放着，香根上繫根線，線頭墜個銅錢，下面再放個盤子。香着到那裏，把線燒斷，銅錢落在盤子裏，發出鐘鳴一般的聲音，説明時間已到，必須交卷，因此稱為「詩鐘」。這是從古代的「刻燭賦詩」「擊鉢催詩」等作法發展而來的。當代已經用鬧鐘來代替了，計時更精確，也更合乎「鐘」的原意。也有怕催緊了作不出來的，乾脆不限時啦。

如何限定條件呢？方式甚多，總的可分為兩大類，一是不要求嵌字的，一是要求嵌字的，都稱為「格」，都用一副七言對偶句組成。

不要求嵌字的，又可分為「合詠格」「分詠格」兩種方式。

合詠格，又稱專詠格，就是用一副對偶句詠一種事物。如以「傀儡」為題，佳作有：「一線機關何太巧；兩般面目總非真。」以「伏波將軍馬援」為題，有：「越國戰功橫海大；漢庭家法寡恩多。」此格（有人認為指所有詩鐘）在清代嘉慶、道光年間詩鐘初興時又稱作「分曹偶句」或「雕玉雙聯」，從而可以看出它和律詩的傳承關聯。

分詠格，又稱單詠格，上下句各限詠一個事物，這兩個事物最好毫不相干、毫無關係。如以「李清照」和「轆轤」為題，佳作有：「漱玉千年傳絕調；回環九曲似柔情。」以「夕陽」和「蜻蜓」為題，佳作有：「楊柳樓西紅一抹；藕花風外立多時。」

嵌字格是詩鐘裏最常用來出題的另一大類。這一格有專門名稱，叫作「嵌珠」，這是把嵌字比作往首飾上嵌明珠。嵌字格的另一個更常用的名稱是「折枝」，有人說，詩鐘的格式如從律詩中摘取一聯而成，好像從樹上摘取花枝；又有人認為「折枝」取義於中國畫的「折枝花卉」。「折枝」這個名稱，在應用中又有廣狹不同的理解。廣義的，認為折枝就是詩鐘（包括合詠與分詠）的代稱，狹義的則認為僅指嵌字格。還有人認為定時交卷的才能叫詩鐘，不限時間的（在當代的吟社中越來越多）則只可稱為折枝了。且說，詩鐘嵌字格的變化很多。由於要求嵌的字數不同，從一個到七八個的都有，也由於要求嵌字的位置不同，與不同的字數組合起來，變化極多。再加上各家對一種格可以採用不同的稱呼，這樣一算，據說稱呼即專用名詞術語就有千餘種之多了。當然，一種安排使用多種術語稱呼者頗多，實際上沒有那麼多，常用的大約只有十餘種，又以嵌二字者為常。所嵌的字稱為「眼字」，簡稱為眼。試舉如下：

分嵌於上下句的頭一個字的，稱為「一唱」，還有些文雅的名稱如「鳳頂」「鶴頂」「虎頂」「冠頂」之類。如「相，減」一唱，佳作有：「相思舊句吟紅豆；

——｜｜——｜

減字新詞譜木蘭。」

｜｜——｜｜—

嵌第二個字的稱為「二唱」，文雅的名稱有「燕頷」「鳧頸」。如「童，秀」二唱，佳作有：「牧童解唱全天籟；閨秀能詩亦國風。」

｜—｜｜——｜　—｜——｜｜—

嵌第三個字的稱為「三唱」，文雅的名稱有「鳶肩」「鴛肩」。如「官，座」

三唱：「何遜官梅詩興動；孔融座客酒狂多。」

—｜———｜｜｜—｜｜｜——

嵌第四個字的是「四唱」，又稱「蜂腰」。如「鐵，師」四唱：「匣中頑鐵稱

｜——｜—

良友；閨裏嚴師拜細君。」

—｜—｜——｜｜—

「五唱」，又稱「鶴膝」。如「前，大」五唱：「敢信今甜前日苦；豈容我暖

｜｜———｜｜｜—｜｜

大家寒。」

｜——

「六唱」，又稱「梟脛」。如「寒，大」六唱：「梅花雖瘦無寒相；松子初生

———｜——｜—｜——

便大材。」

｜｜—

「七唱」，又稱「雁足」「坐腳」「魚尾」。如「白，南」七唱：「一聲天為

｜——｜

晨雞白；萬里秋隨朔雁南。」

——｜ ｜｜——｜｜—

必須說明：眼字，一般是隨便翻字典之類書籍找到的。兩個字最好是一平聲一仄聲。這平仄是以古代寫近體詩的平仄為準的。清代為了給科舉考試定出標準，頒佈了《佩文詩韻》，此後，寫對聯和打詩鐘調平仄均以此為準，與我們當代普通話的平仄很不一樣。這一點必須牢記並遵行。好在當代的大型字詞典如《辭源》《漢語大詞典》等在每個字下面都註明聲韻，一查便得。要說的是，從一唱到六唱，如果抽到的兩個字全平或全仄，一般也不再換字，而是以在句中「拗救」「不犯孤平」等辦法去補救。簡單地說，就是在句中總是讓兩個至三個平聲字或仄聲字聯在一起（句尾除外），而與之相對的另一句，則是盡可能地用平對上句之仄，用仄對上句之平。當然，七唱押在句尾，兩字非一平一仄不可。

三個字以上的嵌字格，變化繁多，只可舉數例以概其餘：

「碎錦格」，又稱「碎聯格」，就是用三到七八個字，任意嵌入兩句之中。其中，四字的稱「四碎」，五字的稱「五碎」，如此類推。這是最常用的一種多字格，

當然是字嵌得越多則越難作。如以「何草不黃」為題：「黃花何日堪留醉；碧草如
———|——|||—
煙不解愁。」以「一二三四天地人和」為題：「四圍人影三弓地；一陣和風二月天。」
—||—　|——|——|||——||—

有的詩鐘研究者把專嵌成語熟語摘句（如上述的「何草不黃」）的稱為碎錦，而把隨意嵌字的稱為碎聯。如上述的「一二三四」八字聯就是碎聯。

「雙鈎格」，即將四個字（常為固定的詞組、術語、成語之類）分別嵌入兩句之首尾。如以「木天清品」為題：「木難火齊千金品；清簟疏簾六月天。」
|—|———|—|——||—

更有分詠加嵌字的，如分詠「管仲」「嫦娥」，限「不，長」三唱，佳作有：「射鈎不死仇偏相；竊藥長生盜亦仙。」
|—||——|||——||—

還有限集古人詩句的，如分詠「新科翰林」「聾子」：「一朝選在君王側；終歲不聞絲竹聲。」均為白居易詩。
|—||——|　—||——|—

集句再加嵌字，更加難作。佳作如「女，花」二唱：「青女素娥俱耐冷（李商隱）；名花傾國兩相歡（李白）。」「漠，班」七唱，集杜甫句：「一去紫台連朔漠；幾回青瑣點朝班。」

青女素娥俱耐冷：—｜｜—｜｜—

名花傾國兩相歡：———｜｜——

一去紫台連朔漠：｜｜｜——｜｜

幾回青瑣點朝班：｜——｜｜——

詩鐘與對聯

詩鐘與對聯有相似之處，也有區別。嚴格地說，詩鐘並不是一種特殊的對聯。搞清楚這一點很有必要。二十世紀八十年代初前後，已故摯友蕭豹岑學長投一篇介紹「詩鐘」的稿件給《百科知識》雜誌，編輯照登不誤，只是把題目改為「對聯」啦！蕭兄跌足，說是怕明白人笑話。我說，事已如此，將來咱們設法挽回吧。這次在拙作中故意引用了蕭兄那篇文章裏舉的一些例子，借以說明此事。

對聯的字數不定，從一個字到幾百個字隨意，只要對得上，按說多少字全行，這是一點；對聯上下聯必須共同表達出一個意思來（無情對等除外），這是又一點。以之與詩鐘比較，詩鐘只是七字對（個別的有五字對）；上下聯除合詠外，一般都是意思無連屬的，倒有點像無情對了。還有重要的一點：對聯的應用性很強，經常用途大致有二，一是室內外帶有中國特有民族文化性質的裝飾聯，一是如壽聯、喜聯、輓聯之類的應酬性質的實用聯。詩鐘卻是一種文化遊戲，絕少寫成裝飾聯性質長期懸掛的。所以，詩鐘不是對聯。可是，在字句追求對偶方面，兩者要求相同。因此，對於創作對聯的人來說，可以把打詩鐘作為一種高級的（相對於蒙童入門的學作對子而言）磨煉屬對能力的方法。合詠更與命題作對聯一樣。嵌字也是對聯中常見常用的一種方式。所以我們認為，要想作好對聯，無妨經常做一些詩鐘形式的練習。這是從寫對聯的角度看問題。愛好詩鐘和經常正規打詩鐘的人可能就不這樣想，會認為，我們僅僅把它當成一種練習方式來看，是看低了它。

作對聯，一般是以個人單獨創作為主；打詩鐘，卻經常採用集會結社進行比賽的「吟社」形式定時集體進行。這就便於共同提高，並且造成一種群眾運動的氣氛，有利於詩鐘活動的經常性開展。不像搞對聯，常常只在春節前後結合徵聯鬧一陣，也缺乏面對面的切磋。為了這兩項活動的進一步順利健康地發展，把它們辦成群眾性經常性的活動是十分必要的。詩鐘結「社」的方式很值得總結經驗，以便進一步推廣，特別是向對聯也結社做經常性活動方面推廣。

對聯的形成，大體上可以追溯到五代時期；詩鐘則大致是清代嘉慶、道光年間在福建地區首先創造發展起來的。它們都與近體詩中的律詩有着密切關係，可以說，都是律詩的旁系子孫。律詩是中國漢語系統文學獨創的一種文學體裁，肯定屬於文學範疇。對聯和詩鐘呢？有人說它們也屬於純正的文學範疇，筆者期期以為不可。因為它們的創作着眼點，主要放在文字技巧特別是對偶的應用方面，帶不帶文學範疇的藝術性，則常常考慮較少。詩鐘更是把追求文字技巧放在首位。把對聯與詩鐘列入語言學系統的範疇，似乎更合適一些。或者可以這樣說，對聯和詩鐘的作品裏面，藝術性強的，作為文學作品來看，也未嘗不可；可是從理論的高度來觀察，恐怕將這二者總的歸入語言學系統，再向文學靠攏為宜。確定了這一點，對它們納入中國人文學科十分必要。《中國大百科全書》的中國文學和語言學兩卷，就都沒有對聯和詩鐘的詞條。看來是把它們當成蝙蝠，鳥類與獸類都忘記收留它了。對聯和詩鐘的作者與研究者必須努力提請學術界注意這兩門才是。辦法之一，恐怕是得先要求投靠一家，不可一僕二主。與其投靠文學而受指摘，說隊伍中藝術素質差的太多，不如死心塌地奔語言學而去，那裏從修辭學等方面來考察，是無法拒絕加入的。歸屬已定，再向文學那裏掛鉤，取得雙重身份，就是水到渠成的事了。

歸根到底，自力更生，以自己的實力與吶喊來求得學術界的注意是最要緊的。包括筆者寫這篇文章，目的之一也是為此。一門學術，長期不被列入學科之內，或者無所歸屬，終非了局。吶喊不能空喊，要有理論水平地喊，要能數典而不忘祖地喊。還得大家齊心合力搭夥幹，成立自己的組織。這就得成立學會之類組織，同時培養並出現自己的理論家和史家。對聯的全國性組織有中國楹聯學會，專家不少，二十多年來開展的活動相當多，已經立定腳跟，並在全國各地成立了許多地方性組織，如今已大有燎原之勢。詩鐘的情況較差。「文化大革命」中，羯鼓聲高，和弦音寂。「撥亂反正」以後，中國社會科學院歷史研究所的熊德基先生（一九一三—一九八七）首先在《學林漫錄》九集（一九八四年中華書局出版）上發表了《漫談詩鐘》一文，起到了恢復的先導作用。北京最近又出現了詩鐘研究家王鶴齡先生，王先生從一九九五年起，發表了多篇有關詩鐘的文章；在此基礎上，出版了《風雅的詩鐘》一書（二零零三年台海出版社出版）。福建的老一代專家如楊文繼先生更印行了《七竹折枝摭談》（一九九五年個人印行，供友人傳閱）。這都是改革開放以來的新成果。說到組織，則中國楹聯學會下屬的華夏詩鐘社和中國俗文學學會下屬的詩鐘研究會都正在積極活動。說到社團，則福建的吟社大，人員多，活動不斷；北京現在也有幾個社在經常活動；前幾年，大連的詩鍾愛好者出版了專門的刊物。看來，詩鐘的復興之日也不遠啦！

第四章 春聯

從這一章開始，我們按照通行的分類方式，按類分述各種聯語的常用撰寫方法，以及對聯的書法、載體、與環境的關聯等問題。

第一節 春聯寫作綜說

春聯是農曆春節時必然要張貼的對聯。存在期限為一年，必換，常新。通行於民間，一定要用紅紙書寫。有用暖色紙如灑金箋、桃紅虎皮宣紙等書寫的，多半用在室內，文人墨客習用。據說清宮內習用白紙書寫春聯，朱家溍先生對此有過說明。從載體的角度看，春聯屬於粗放型，一般用不着裝裱，貼上便了。寫作時必須相度門框等張貼處的尺寸大小以決定字數和字體大小。

春聯的群眾性很強，表現在諸多方面。一般用楷書書寫，最多加點行書、魏碑體，為的是讓人一看就明白。寫鐘鼎篆草各體的極為少見，那都是文人墨客的精神寄託，一般用在室內，「只可自愉悦」，持贈他人者不多。

春聯既是對聯的一種，撰寫時就得遵守寫對聯的一般規律。這些規律不多，也不難學。一般性的只有四條，我們在前面的綜敘中已經大致說過，現在再結合春聯的具體情況，簡單重複一下：

一、上下兩條稱為上聯、下聯，字數必須相等，合成一副。春聯一般不署上下款，所以要特別注意：別貼倒了。為防止倒貼，春聯的尾字總是上聯為仄聲，下聯為平聲。過去把春聯貼倒了犯忌，「文化大革命」後很不講究，貼倒了的特別多。舍下自己不貼春聯，常有送來代貼的，往往貼倒了。有人揶揄我說：「你還算楹聯學會的甚麼『顧問』呢，這樣貼法，笑話大了！」我說：「人家好心好意送來，辛辛苦苦給貼上了，咱們切切不可逞能！橫挑鼻子豎挑眼的，大過年的，鬧個大家不愉快。」這一點，希望與讀者共勉。

二、從修辭學角度看，構成對聯必備條件的是對偶辭格。也就是說，上下聯要用語言結構相同或類似的詞語句式，兩兩相對。對聯就是相對的上下兩聯。可是，用同義詞或近義詞作對，在作對聯的不成文規矩中是不允許的，行話稱為「合掌」。這一點，創作春聯時確是經常要注意的。吉祥話就是那幾句，說來說去就說到一塊兒去了。如「興偉業」對「展宏圖」等等，多少都犯這個毛病。這是撰寫春聯的一大忌，切應避免。可是，市上印製出售的春聯，往往犯這個毛病。大春節的，只要寫的是吉祥話兒，咱們也就別多說了。

三、從音韻學角度看，上下聯必須調平仄。上下聯相對處的兩個字，一般來說，最好是平對仄，仄對平。也就是說，上聯是平聲字，下聯一般要用仄聲字來對。這裏面有許多講究，限於篇幅，不能詳細談了。可是有兩點一定要說明的：一是兩個尾字一定要上聯仄聲下聯平聲；二是如果做不到每組相對的字都能平仄調諧，至少也得大致過得去。

四、春聯中常用的字，有的古今平仄不同，切宜注意。如「福」字，當代普通話讀陽平，屬平聲；可古代讀入聲，屬仄聲。「住宅」的「宅」字，與此讀法相同，在古代也讀入聲。「發財」的「發」字古代也是入聲字。這樣古今平仄不同的字還有很多，不能一一列舉，需要隨時注意，遇有疑問，就翻閱《辭源》《漢語大詞典》等註明古代平仄的辭書可也。

第二節　春聯寫作的主要方法

春聯的作法，經過近幾百年的經驗積累，也已形成定式。從內涵上要求，一定要寫出開春的喜氣洋洋、吉祥如意、興旺發達。還應點明春節時令。作法呢，歷史上形成的，主要也有這麼幾種：鑲嵌法、即景稱頌法、結合時事法。下面分述。

鑲嵌法

鑲嵌法又稱嵌字法。就是把本年或結合本年與上一年的干支、屬相（生肖、地支）、公元數字等嵌入上下聯中。一般的對聯作法之類的書籍對此常列有專篇。還有編成專書的，如梁石編的《十二生肖新春聯》等便是。作這類嵌字聯，需要注意的是：

第一，由於所嵌的字一般非對嵌不可，而這些字有時偏偏是兩個平聲或兩個仄聲，造成作對的困難。補救辦法是：甲、除了不能更動的嵌字外，其他自由選用的詞語，盡量做到平仄調諧。乙、切忌把平仄不調的嵌字用在句尾。特別是在上下聯中各有兩個或兩個以上的分句時，有的作者就忘記了各分句的相對尾字也要調諧了。聰明的辦法，是在開頭先把要嵌的字給使了，下面就靈活方便了。

第二，生肖中，有的給人的印象不佳。如鼠和蛇最難辦，狗和豬也不好辦。辦法是盡量避免在字面上出現，或用地支取代，或用相關典故。作好了，常能敗中取勝，頗見巧思。

下面列舉的都是用嵌字法作的春聯樣聯例。有的是我們作的，沒有使用，我們就講講不用的緣故。

1、嵌干支例

先舉出白化文和李鼎霞作的春聯應徵稿件，供讀者一粲：

白化文作的「甲戌」年春聯：

甲蔬春盤迎上日；
｜——｜｜
戌年曉旭麗中天。
｜—｜｜——

甲蔬，鮮嫩的蔬菜。春盤，據《燕山夜話》中「今年的春節」一條云：「甚麼是春盤呢？它是用芹菜、韮菜、竹筍等組成的，表示勤勞、長久、蓬勃的意思。」上日，農曆年初一。

李鼎霞作的「乙亥」年春聯：

乙夜聯成金馬署；

｜｜——｜｜

亥年春泛木蘭橋。

——｜｜——

本聯首嵌「乙亥」。上下聯的第三字嵌「春聯」。合為「乙亥春聯」。乙夜：古代計時法，以二更時分為乙夜，約當現代計時法的二十二時。金馬署：西漢時國家藏書處。《〈兩都賦〉序》：「內設金馬、石渠之署。」此處借指國家級大圖書館，如北京大學圖書館。木蘭橋，據晉時習鑿齒所著《襄陽耆舊傳》載：「木蘭橋者，今之豬蘭橋是也。劉和季以此橋近荻，有蕺菜，於橋東大養豬。」

李鼎霞作的「丙子」年春聯：

塞北雪光瑩，丙明五色輝元日；

｜｜｜——｜—｜｜——｜

江南春意動，子夜清歌唱四時。

———｜｜｜｜——｜｜—

雪光，楊萬里《曉泊蘭溪》：「日光雪光兩相射。」丙明，揚雄《太玄·從中至增》：「盛哉日乎，丙明離章，五色淳光。」范望註：「丙，炳也，……言日炳然明朗。」元日：正月初一。四時：春、夏、秋、冬四季。《子夜四時歌》創自南朝，盛行於江南。其《春歌》之四：「溫風入南牖，織婦懷春意。」

李鼎霞作的「丁丑」年春聯：

丁方桃版迎元日；

———｜——｜

丑地春牛送大寒。

｜｜——｜｜—

這是一副嵌「丁丑」兩字的春聯。其中詞語典故含義是，丁方：四方。桃版：桃符。《燕京歲時記》：「春聯者，即桃符也。」丑地：東北偏北方位。《雞肋編》卷上：「季冬之月，立土牛六頭於國都郡縣城外丑地，以送大寒。」此土牛又名「春牛」，《東京夢華錄》：「立春前一日，開封府進春牛入禁中鞭春。」

以下列舉自戊寅年（一九九八）後十幾年的干支聯，大多是舊聯，僅供參考用。這些都是從舊聯書中抄來的，間有新作。六十干支都有成聯，其中引用相關的典故，我們順便註出。目的是，和讀者一起研究是否可利用舊瓶裝新酒。當然，最好是推陳出新。

己意推人，能近而譬；
｜｜——　—｜—｜
卯門啟瑞，得春之和。
｜—｜｜　｜———

庚星預祝初三夜；
——||——|
辰律能生十二時。
—|——||—
光耀東方，庚星孕李；
—|—— ——||
春回南畝，辰日種瓜。
———| —||—
辛勤成大業；
———||
巳位定中央。
|||——
辛盤獻頌歌元旦；
——||——|
巳日陳詩宴小樓。
||——||—

壬林獻頌；

——｜｜

午院迎春。

｜｜——

《詩經．小雅．賓之初筵》：「百禮既至，有壬有林。」朱熹《詩集傳》：「壬，大；林，盛也。言禮之盛大也。」

癸歲永和晉人作序；

｜｜｜—｜—｜｜

未央長樂漢瓦留文。

｜——｜｜｜——

癸父作銘商鼎篆；

｜｜｜——｜｜

未央長樂漢宮春。

｜——｜｜——

甲帳錦屏仙客接；
｜｜｜——｜｜
申菽香草美人懷。
——｜｜｜——

甲帳，漢武帝所造「以居神」的鑲嵌珠寶的帳幕。元代薩都刺《蕊珠曲》有「錦屏甲帳蕊珠新」之句。申菽是一種香草。《淮南子·人間訓》：「申菽，……美人之所懷服也。」高誘註：「申菽，……皆香草也。」

甲第雲屯鱗比接；
｜｜——｜｜
申宮日暖宴居如。
——｜｜——
乙杖燃藜勤夜讀；
｜｜——｜｜
酉秋省斂樂豐年。
——｜｜——

才騁乙思，奇文共賞；

—｜｜—　——｜｜

陽生酉仲，暖氣初回。

——｜｜　｜｜——

丙象朱明耀；

｜｜——｜

戊年赤壁遊。

｜—｜｜—

丙舍迎祥，青陽晝暖；

｜｜——　——｜｜

戊年作賦，赤壁風清。

｜—｜｜　｜｜——

丁歲勤修，敢疏暇日；

—｜——　｜—｜｜

亥年紀算，克享高齡。

｜—｜｜　｜｜——

壯士丁年，高搏鵬翼；

｜｜—————｜

老人亥算，長享鶴齡。

｜—｜｜—｜｜—

戊尊同聚飲；

｜——｜｜

子舍克承歡。

｜｜｜——

己身當立志；

｜——｜｜

丑臘運回春。

｜｜｜——

庚日拜師勤學始；

—｜｜——｜｜

寅賓平秩授時新。

———｜｜——

辛盤獻瑞迎新歲；
— — ｜ ｜ — — ｜
卯飯生香樂有年。
｜ ｜ — — ｜ ｜ —

2、嵌數字例

以下所舉各聯作者，凡我們查到的，都註明了。

一代英豪，九州生色；（出句）
｜ ｜ — — ｜ — — ｜
八方錦繡，四季呈祥。（對句）
｜ — ｜ ｜ ｜ ｜ — —

這是一九八四年全國迎春徵聯一等獎作品，作者翟鳴放。要求在全聯四個分句的開頭嵌入「一九八四」四字。

3、兼嵌數字與干支例

一市九衢，辛盤璀璨重光歲；

｜｜｜— ——｜｜——｜

九瀛一統，未雨綢繆兩岸心。

｜—｜｜ ｜｜——｜｜—

這是白化文為北京電視台《金色時光》欄目所作的一九九一年新春徵聯示範。兼嵌「一九九一」「辛未」六字，還要在上下聯中相對。辛年別稱「重光」。「九瀛」，古代指中國大陸九州與環繞其外的瀛海，此處借喻中國大陸與台灣地區和南海諸島等大小島嶼。「未雨綢繆」用的是廖承志《致蔣經國先生信》：「歲月不居，來日苦短，夜長夢多，時不我與。盼弟善為抉擇，未雨綢繆。」此信是那一年所寫。

4、嵌生肖例

下一例春聯為一九九七年北京迎春徵聯獲一等獎聯，作者唐克強：

鼠毫健筆書成福；
｜—｜｜——｜
牛角深杯酒釀春。
—｜——｜｜—

再看一例：

聞雞起舞；
——｜｜
躍馬爭春。
｜｜——

這是一九八一年《羊城晚報》迎春徵聯一等獎作品，作者童璞。

又一例為白化文所作暗藏生肖春聯：

白望逍遙迎首祚；

｜｜———｜｜

青曹振迅奔前程。

——｜｜｜——

據《西京雜記》載：茂陵少年李亨好馳逐，鷹犬皆制佳名。狗有「白望」「青曹」等號。「首祚」是大年初一。

5、嵌字例

所嵌的字，一般都是出對者提出的。

李鼎霞參加京酒謎聯大賽徵聯。要求：鶴頂格，嵌「京」「酒」二字：

京城放眼安居好；
——｜｜——｜
酒肆飄香薄醉宜。
｜｜——｜｜—

更有要求特殊的，如保險公司要一副春聯，特為老年夫婦而寫的，要嵌入「老年保險」四個字。這就難了。因為春聯中最忌諱使用不吉利的字眼，「險」字就是個不吉祥的字。白化文用「詩鐘」作「碎聯格」的辦法，即把要求嵌入的四個字字序不限地分別嵌入上下聯中，勉強完成了這一任務：

福婚老作連環保；
｜——｜｜——｜
年帖新成險韻詩。
—｜——｜｜—

這副春聯中嵌入的字，可以組成「老年保險」「新年」「新婚」「福年」「福婚」等詞語。據段寶林、武振江所編《世界民俗大觀》載，結婚七十週年稱為「福婚」。這個詞生僻些，可是「金婚」「銀婚」雖習用，「金」「銀」卻是平聲字，嚴格地說，不宜與「年」字對仗，所以只能忍痛割愛了。宋朝，由翰林或其他文人寫作以慶賀新春為內容的短詩（多為近體詩七絕、五絕），進呈宮中。到立春那天剪貼於門帳上，稱為「春端帖子」，簡稱「春帖」。李清照就曾幹過這差使。明朝宮廷有類似的作法，改稱「年帖」，從年初就開始使用。「險韻」是生僻少用難押的詩韻。李清照《念奴嬌》詞云：「險韻詩成，扶頭酒醒，別是閒滋味。」真有點如釋重負的悠然感覺。寫罷一副這樣的嵌字春聯，又何嘗不如是呢！

可是，正如我們前面所說，嵌入「險」字很難，弄得不好就會出現不吉利的字裏字面，所以我作完了樣聯以後，就利用工具書檢索能和此字上下關聯的詞語，看是否能有個好結果。結果是，適應範圍太窄，能這樣作出的聯語不會很多。大家也看不懂，需要加註釋說明。就連我自己，也是查工具書才作出來的呀！因此，我勸告主辦者，放棄這種作法。這一聯就作廢了，未能嚶鳴求友焉。

即景稱頌法

即景稱頌法，就是展望將要到來的陽春麗景，或以瑞雪紅梅的冬景作陪襯，再加上吉祥字樣，形成發皇氣象。

一九九六年北京市新春徵聯獲獎聯：

朝陽芳草地；
———｜｜
春雨杏花天。（集北京地名）
—｜｜——

紫燕春風尋舊主；
｜｜———｜｜
紅燈瑞雪映新門。
——｜｜｜——

一九九七年北京市迎春徵聯一等獎，作者戴蘭齋：

好雨知時芳草碧；

｜｜———｜｜

春風得意紫荊紅。

——｜｜｜——

此聯巧用「紫荊紅」點明香港回歸，既即景又雙關時事。

郭沫若集毛主席詩句，有一聯似用作春聯：

梅花歡喜漫天雪；

———｜｜—｜

玉宇澄清萬里埃。

｜｜——｜｜—

舊聯語中，經常結合的春節風物是梅花與爆竹，但平庸之作多。茲將別出新意的兩聯列舉如下：

遙聞爆竹知更歲；
— — | | — — |
偶見梅花覺已春。
| | — — | | —

此聯為道觀春聯。對仗工整，平仄調諧，具有世外人氣息。

十年宦比梅花冷；
| — | | — — |
一夜春隨爆竹來。
| | — — | | —

相傳左宗棠於除夕微行，看見一戶人家正往大門門框上貼春聯，當時匆匆走過，只

見上聯。回衙門後，想想上聯夠「冷」的，作為春聯，下聯怎能「熱」起來，很成問題。於是派人去抄錄，所得下聯如上所錄。這下聯真是「逆挽」得好，把春節氣氛給找回來了。一問，這是一位候補多年的官員所寫，趕緊給他派差使。

結合時事法

結合的應是吉祥喜慶大小時事。就是採用上一年發生的或預料本年度將要發生的喜慶的事作內容，遠至國際國內，近至家庭個人，都可以寫。要顯示出向前看和前程大好的洋洋喜氣來。

現舉李鼎霞所作一九九七年春節應徵春聯為例：

寰中大議揚旗鼓；
——｜｜——｜
港九重規煥斗牛。
｜｜——｜｜—

寰中：指中國國內。唐代王勃《拜南郊頌序》：「寰中殊域，奉三靈之康泰。」殊域則指國外。大議：指中國共產黨第十五次全國代表大會。《漢書．循吏．黃霸傳》顏師古註：「大議，總會議也。」旗鼓：軍中號令。《左傳．成公二年》：「師之耳目，在吾旗鼓。進退從之。」重（chóng）規：本義為日月同圓。魏晉間人成公綏《天地賦》：「星辰煥列，日月重規。」引申義有：①兩代國家領導人功業相繼；②重新規劃；③諧音「重歸」。斗牛：二十八宿間之斗宿與牛宿。斗牛之間經常為天際之中，與地面世界寰中地域相當。又，一九九七年為牛年。

第三節　撰寫春聯應注意之處

必須提請注意的是：舊社會一些不得志的人，常借寫春聯發牢騷罵人，對聯書籍中也有記載。在我們新社會中，這種寫法不可取。大過年的，何必自己找不濟呢。也舉表面上尚不明顯，實則內含怨氣的數例：

《楹聯叢話》卷十二載有清代朱彝尊在北京罷官前後贍炙人口的春聯兩副：

除夕署門聯云：「且將酩酊酬佳節；未有涓埃答聖朝。」脫盡名士習氣，而未嘗不傳誦於時，所謂言以人重也。又罷官後，集句為門聯云：「聖朝無棄物；餘事作詩人。」其實，「詩人」二字，尚不足以盡先生耳。

這兩聯都是集句。「且將」句，出自杜牧《九日》詩，「且」字在大多數版本中作「但」；「未有」句，出自杜甫《野望》詩；「聖朝」句，出自杜甫《客亭》詩；「餘事」句，出自韓愈《和席八十二韻》詩。朱氏的怨氣還是很委婉地表達出來的，所謂「怨而不怒」。而且用集句，便於向古人推卸責任，手法很聰明。

向義《六碑龕貴山聯語》卷十三「春符」條：

李苾園宗伯家居日，值歲除更換春符，適門人張謦普侍坐，因囑撰句。張擬：「天錫公純嘏；臣受國厚恩。」十字。宗伯欣然書之。後有告以下句為曹植語，意含憤懣者，公亟令撤去。

《楹聯叢話》卷十二又載有引用《柳南隨筆》（按：此書為清代王應奎撰）的一段話：

崑山歸元恭先生，狂士也。家貧甚，扉破至不可闔，椅敗至不可移，則俱以緯蕭縛之。遂書一扁曰「結繩而治」。又除夕署其門楹云：

「一槍戳出窮鬼去；雙鉤搭進富神來。」

｜—｜｜—｜｜　——｜｜｜——

《楹聯三話》又引宋小茗《耐冷談》中一則：

同里王扶九年老，就幕粵西，為某縣延徵比一席。除夕戲書楹帖云：

「白髮蕭然，看他人兒女夫妻，千般恩愛；黃金盡矣，數此日油鹽醬醋，

｜｜——　｜———｜——　———｜　——｜｜　｜｜｜——｜｜

百計安排。」詰朝主人入館賀歲，見之惻然，贈以千金並舟車之費，送其歸里。壽終於其家。

——一一

這一則的結果可算是最好的了。

以上所舉，大體上屬於溫柔敦厚、怨而不怒類型。至於舊社會中文人常寫的嬉笑怒罵文章，就不再列舉了。我們是新社會中人，要有欣欣向榮的發皇氣象，不可無病呻吟，自找無趣。

第五章 實用性對聯

前面已經談到過，可以歸入實用性對聯範疇的對聯，應具有兩大特點：一是張掛的時間短，時效快而短暫；二是對載體的要求可低可高，一般不高。實用性對聯都是用在人際關係方面的，現在尚在社會上通用的主要有喜聯、壽聯、輓聯三大類。

第一節 喜聯

喜聯，特指祝賀新婚的對聯。顧名思義，喜聯一定要有喜氣，要寫成喜氣洋洋才好。新中國成立前辦喜事，不論新式舊式還是新舊相兼，都時興送喜聯。如果是在外面借地方——例如在飯館子裏行禮，更得憑仗張掛喜聯以壯聲勢。新中國成立後新事新辦，大多贈送生活用品，切合實用。可是禮品雷同者多，有收到二三十個暖瓶的，很難處理。現在大家的生活水平大大提高，追求文化品位，流行贈送書畫、書籍、文具等物。其實，新房內懸掛幾副喜聯，很能增添喜慶氣氛，建議有此方面愛好和能力的同志試試。

喜聯的作法，經過幾百年的創作，漸漸形成一定的思路。通行的各種對聯書上都錄有示範佳聯，以為楷式。從作法上看，大致地說，可分以下幾大類別：

第一類：切年、月、日和時令，特別是切月份和時令。這是因為切年太寬泛，切日又太狹窄，只有切月份和時令比較適中之故。但須注意，對聯書中所錄成聯，所切的大多是陰曆月日，採摘變通使用時要化老調為新詞。再者，闕合時令時，最好帶上些形象性。茲舉祝賀秋季結婚的一副舊聯，供變通時參考：

酒熟黃花合巹；
｜｜——｜｜
詩題紅葉同心。
——｜——

下聯六個字，只一個仄聲，未免太孤單。

第二類：切新婚夫婦雙方的姓氏，最好是姓名。在此先要說一說與姓氏聯和姓名聯相關的兩點：

一點是把姓氏切入（即暗中點出）或嵌入對聯，本不限於喜聯，而是常用於門聯、廳堂聯，以含蓄的方式向來訪者表達住戶的姓氏、郡望。據說，我國南方某些小村鎮仍保留這一古老傳統，全村鎮住戶大門上寫刻的門聯全都含有本戶姓氏的典故，使明眼人一望而知，這也可算作一種地方特色吧。姓氏對聯成聯，各種聯話常闢專篇輯錄。還有專書，如筆者所見，有谷向陽、何慧琴編著的《中國姓氏對聯史話》，其中頗有可供採摘，略加變化，便可編作喜聯者。新中國成立後，因為大門的門聯越來越少（尤其是在城市中），因此，廳堂聯（特別是個人住戶的客廳或書房聯）和喜聯，幾乎成為切姓氏的代表性對聯。下面仍舉一副舊聯為例：

修到梅花成眷屬；
—｜——｜｜
本來松雪是神仙。
｜——｜｜——

此聯切女方姓氏「林」，用宋朝林逋「妻梅子鶴」故事。切男方姓氏「趙」，用趙子昂號「松雪道人」之典。四字合成「神仙眷屬」。

再一點是嵌入男女雙方姓名，一般只能用在喜聯。在中國古代詩文、詞曲以至對聯、詩鐘等所有的文體中，凡用人名作對偶之處，有一個不成文的法則，即嚴禁用一男一女的姓名對偶，以免引起種種不必要的誤會。當代有人主張打破這個界限，筆者是保守派，以為寫文章好比在寬闊的海洋中行船，何必非得往暗礁上撞呢！可是在一雙男女是配偶的時候，那就非對偶不可啦！用人名作對偶，從古代駢文、近體詩等開始，對於對仗的要求都比較寬。只要平仄能調諧，特別是尾字平仄一定得調諧，字義方面一般就不作要求了。例如：鄭逸梅老先生《藝林散葉》第一七四頁上載有：

楊雲史娶狄美南，有人贈詩云：「江東才子楊雲史，塞北佳人狄美南。」
——｜——｜｜｜——｜｜——

字義上就很難要求了。當然，字義上能成的對的，即使能對上三分之二的，如東方虬自稱可以用他的名字與西門豹作對仗（其實是捨去三分之二的平仄調諧）。可是，月下老人繫紅絲的時候，偏偏忘記了把兩口子的姓名也作成對仗，這就給聯家造成困難。辦法之一是應用詩鐘式的將姓名或名字分開嵌入之法。我的老師吳小如先生就是此中「聖手」。試舉吳先生所作兩聯為例：

賀謝蔚明續弦（按：夫人名從美）

晚花蔚作秋明色；（按：「晚花」暗點中年續弦）

——｜｜——｜

新燕從歸奐美家。

｜｜——｜｜—

賀謝蔚明、汪玉蘭結婚（按：謝氏第二次續弦）

蔚明瑺之美，載言載笑；

｜———｜　｜—｜｜

玉蘭諾於成，宜室宜家。

——————————

我們說吳先生是「聖手」，意思是說，撰寫這樣的聯，容易陷於輕佻或纖巧，吳先生的聯卻顯得落落大方，具有長者的襟懷氣度。這是才、學、識三者的合一，關乎素養，不是一般聯家所能企及的。

第三類：從新郎新娘的某種特色、特點、關係等入手。範圍看來比較寬泛，創作時卻是要確切點題。注意措辭要得當。仍舉舊聯為例：

綠華偏重詞人筆；

——————

紅燭初修學士書。

——————

「綠華」典出南朝梁代陶弘景所著《真誥．運象》，講仙女萼綠華「夜降」羊權家，贈權詩一篇，後經常往來。下聯用南宋呂祖謙故事：相傳他在新婚的一個月內，乘興完成研究《左傳》的論文集《東萊博議》，《四庫全書總目提要》等書已經考證出這個故事乃是流俗所傳之誤，可是不妨礙成為新婚典故。「紅燭」切新婚。此聯中用此二典，切女方學的是文學，男方學的是歷史，十分貼切。

撰寫喜聯應注意之處

結婚是人生大事，應當鄭重其事，歡欣鼓舞。寫喜聯是為了表示賀喜、祝福，一定要出於尊重和真誠，寫出喜氣和吉利。切不可由於某種疏忽甚至玩笑不拘，而寫出令新人尷尬、沒面子的對聯，破壞了吉祥喜慶的氣氛。所以，一定要注意用語得體，把握分寸。撰寫喜聯應注意之處，提出以下三點：

一、如果和新婚夫婦的關係較深較好，有時結合他們的戀愛史等稍作雅謔，借以襯托喜慶氣氛，是可以的。但玩笑不能開得太大，更不可犯「黃」「粉」等低級下流令人作嘔的毛病。這一點正是某些青年人常常忽略的，有時甚至賢者不免。如《楹聯叢話》中記載，紀昀給一家姓牛的朋友送的喜聯：

繡閣團圞同望月；

｜｜———｜｜

香閨靜好對彈琴。

——｜｜｜——

上聯用「吳牛喘月」典故，下聯用「對牛彈琴」故事。看似無傷大雅，搞不好就會大傷感情。再看《楹聯叢話》中一例：

鴛鴦從小曾相識；

———｜——｜

鸚鵡前頭不敢言。

—｜——｜｜—

這是贈給娶表妹的聾啞人的喜聯。在我們看來，拿殘疾人開心，在別人大喜的日子裏揀不愛聽的話說，實在很不應該。似此種聯語，在某些對聯書籍中，有時錄作一笑，實為惡札。初學者千萬不可偏愛這樣的東西，更不能仿效。所謂做人要有道德，作文要有文德，撰寫聯語也要有聯德，指的就是這些方面了。

二、不要在無意中將某些引發忌諱的字詞帶入聯中。例如：

絕代《藝蘅詞》，三島客星歸故國；

｜｜｜——　—｜｜——｜｜

傳家《愛蓮賦》，百花生日賀新郎。

——｜—｜　｜——｜｜——

這是祝賀梁啟超先生長女梁令嫻女史與周先生結婚的喜聯。梁女史編有《藝蘅館詞選》，自日本歸國結婚。婚期在陰曆二月十五日，是為花朝節，相傳為百花生日。「傳家《愛蓮賦》」一點明新郎姓周，並雙關「愛憐」的新人如高潔的蓮花。但此聯有個大問題：一開頭就用了「絕代」二字，上下聯首字又是「絕」「傳」。容易使人雙關性地誤解為「絕了後代」「絕了傳人」，頗不吉利。

三、舊社會中，送喜聯往往從「多男子」方面祝願。不但輕視女性，而且與當代計劃生育國策不符。千萬別從舊聯語中套用這類詞彙與典故。

最後，也得說說喜聯的載體。從顏色上說，當然得用鮮艷的，如粉色和紅色。可是紅色不發墨，顯不出黑色的字來，這是需要注意和想點辦法的。從裝潢上說，「秀才人情紙半張」是不行的，得裝裱得像個樣子。注意裝裱襯托的紙或絹也不能用冷色的，還不能與主體靠色。這些，一般的裝裱工人全都知道的，但要叮囑一聲，以免事後推卸責任。有刺繡聯，屬於高級工藝品，新婚時定為新房增色，可過後又不能老掛着，再送他人也不行，變成了包袱。所以，最好別送這種大包袱。

常見老聯話中提出，喜聯佳作極少，能對付着看，沒有過大的毛病，就算不錯。筆者謹記此種經驗教訓，不太敢涉足寫作喜聯領域。偶爾寫一兩副，殊不見佳。茲錄出為我愛人的娘家侄女李永衛與楊軍同志結婚所寫的一聯：

五色瑞雲期誕鳳；
｜｜｜——｜｜
雙飛春燕共銜泥。
——｜｜｜——

真真很一般。上聯用典兩處，《陳書．徐陵傳》：「母臧氏，嘗夢五色雲化而為鳳，集左肩上。已而誕陵焉。」《舊唐書．鄭肅傳》：「仁表文章尤稱俊拔……自謂門第、人物、文章具美，嘗曰：『天瑞有五色雲，人瑞有鄭仁表。』」不過是祈祝他們生個好孩子。下聯則祝願他們建成一個好家庭。可說非常一般。可就因其一般化，能夠移用，我的老學長王禹功說，我也有晚輩結婚，借我使使。我說，好好，誰使用都行。

我獻醜錄出此聯，目的也是要說明，喜聯好的少，而且容易流於一般化。這就更能反襯出前面所引的吳小如先生所作之超妙了。

第二節　壽聯

壽聯是對聯中的一大宗，是一種喜慶的聯類，當代還在小範圍內使用。近年來，特別在高級知識分子集中之處，如高等學校中流行。但是，比起新中國成立前的盛行，從數量上看，當然就少得多了。究竟時代變了，撰寫和贈送壽聯顯得有點「老派」了。

壽聯的內涵與寫法

新中國成立前很流行祝壽。大約從「三十而立」開始，就做整壽啦。新中國成立後，毛主席曾提倡過不給領導人祝壽。二十世紀七八十年代以來，比較流行的是給名流學者做整壽。整壽，就是逢十的壽；有人逢五也做，但一般不這樣做。綜觀二三十年來，除去「文化大革命」及其前後的十多年不算，比起新中國成立初的十多年，壽聯在社會上的應用頻率上升。可是應用範圍比新中國成立前要狹窄得多了。一則大致在文化圈內，比起新中國成立前例如隨便哪位老太太或大掌櫃的做壽（特別是在飯莊子裏辦）都要來上幾副的，收縮的程度很大。二則新中國成立後中國人的平均壽命大大延長，由四十來歲提高到七十多歲。當代，似乎到六十歲才勉強有做整壽的資格。學術界大規模公開的祝壽會，一般已提高到八十歲了。這就影響到我們下面所談的壽聯內容的問題。

古代，「人生七十古來稀」，不但祝壽的歲數提前到三十歲，對「壽星」壽數的期望，一般在恭頌時只就現有歲數往上加到一倍多，也就是了。例如，三十歲的，往「古稀」上說；四十歲的，往耄耋（八十歲、九十歲都可以算數）上靠；

五十歲則是「百齡上壽，如日方中」矣。新中國成立前，為一個人慶三十整壽，就祝他「壽登期頤（一百歲）」，還有七十年呢，未免太長。當代則祝壽年齡越來越高，早已突破或說相當於古人的極限。所以，再用古代慶壽套語，千萬別安錯了。一位老先生慶八十大壽，還祝他「古稀」，這不是折壽十年嗎！《北京晚報》載，一位老先生，年齡已超過九十，有人祝他「壽登期頤」，老先生大為惱火，說：「這不是說我活不了幾年了嗎！」這都是新情況，促使我們推陳出新，不可泥古。

再則，古代對一些具體數字的用法，有其約定俗成的特定涵義，我們當代人下筆時要審慎地理解清楚再用。例如，「百年」是指人逝世；「百歲」則常用於「長命百歲」，為小兒出生後一個階段的祝賀慣用語。還有，舊社會祝壽常着眼於子孫滿堂，所謂「多福，多壽，多男子」，現在看來，一則不合計劃生育國策；二則老人覺悟早已提高，未必喜歡，極可能認為諷喻自己成就不高。時移代換，老一套的寫法不行了。

「對聯作法」和「聯話」「聯語集錄」等類書籍中，蒐集的壽聯很多。經常按兩種方式集錄：一種是按男壽、女壽、雙壽（夫婦一起祝壽，最好是夫婦同齡）、自壽這四類分別輯錄；再一種是按時間，或按時令，分十二個月，按節氣或紀念日（有細到某日的），或按整壽年齡，從三十整壽開始。這兩種方式常混合編排。這些現成的資料，頗可供我們參考。當然，必須靈活變通，化腐朽為神奇，使之為我所用。

成聯評議

下面，舉幾副從這類書籍中選出的例子，略加說明：

十一月十一日；
——————
八千春八千秋。
——————

此聯引自《楹聯四話》卷三：「劉金門侍郎鳳誥才思縱橫，涉筆成趣。有人以佳紙乞壽聯，值其據案作書，遂問：『生在何時？』答以『十一月十一日』。即書此六字於紙。其人怒甚，不敢言。侍郎復問：『若干歲？』答曰：『八十整壽。』遂復書曰：『八千春八千秋。』其人乃大喜，稱謝而去。」我們知道，《莊子．逍遙遊》中的「上古有大椿者，以八千歲為春，八千歲為秋」乃是後世祝壽者常用的典故。此聯結合鶴頂格（上下聯二首字嵌字）用之，既嵌「八十」整壽，又點明生日月日，生年月日俱全，看似簡易，實為老宿神來之筆。此聯平仄異常失調，所以乞聯者一看上聯全是仄聲，認為無以為繼，氣得不得了。全仗下聯內容救駕，實乃「英雄行險道」，初學者萬不可如此涉險也。

張伯駒先生《素月樓聯語》卷一：

> 甲午後，李鴻章極為清廷所倚重，以大學士兼直隸總督。在任時，值其七十壽辰，各方爭送壽聯。李必親自寓目。一日，聯將掛齊，李命其差官：「須留一位置，尚有一聯未到。」差官問何人聯，李曰：「翁尚書也。」午後，翁同龢聯到。開視，為五字聯：「壯猷為國重；
> ｜—｜｜｜
> 元氣得春先。」蓋李生日為立春前二日，故云。
> —｜｜——

按，光緒親政之初，「宰相合肥，司農常熟」，李、翁二人並秉國鈞。翁氏以帝師之重，又兼狀元老才子，李氏在各方面都要看看他如何表態，怎樣表態。也就是說，從政治和藝術兩方面看看他的壽聯究竟如何。可見，撰寫壽聯不宜輕易，首先，要權衡對方、己方、各方當時態勢。當然，能有些預見性，留下一些伏筆以為來日道地，那是最好不過的了。其次，要盡可能馳騁淩雲健筆，立言既得體又有很強的藝術性。張先生已經指出此聯下聯點明生日，而上聯「壯猷」語出《詩經》的《小雅．採芑》：「方叔元老，克壯其猶（猷字的同音假借）。」以「元老」目李氏，於自謙中寓大臣氣魄。全聯厚重雄渾，不愧老才子之譽焉。

下面舉兩副現代名人撰寫的壽聯。一副是：

無憂惟著述；
——————
有道即功勳。
——————

這是張大千集清初廣東著名詩人屈大均的詩句，祝賀陸丹林五十歲壽辰的對聯。鄭逸梅評論說：「大氣磅礴，見者無不嘆為大手筆。」（《藝林散葉》第四三二一則，中華書局一九八二年出版）

另一副是馮友蘭壽金岳霖八十八歲生日聯（一九八二年十月）：

道勝青牛，論高白馬；
｜｜—— ｜—｜｜
何止於米，相期以茶。
——｜｜ ——｜—

「青牛」用老子騎青牛的典故，此處借代哲學；「白馬」用公孫龍子論「白馬非馬」的典故，此處借代邏輯學。這兩門學術都是金先生深入研究了一輩子的。用「勝」「高」二字，以表學術水平之超群絕倫。「米壽」和「茶壽」都是在日本很流行的拆字慶壽花樣，近來在中國知識分子中也有推廣的模樣。「米」字拆開是「八十八」，而「茶」字則是「八十八加二十」，等於一百零八歲。馮先生此聯有不同的抄引版本，筆者取其中最合聯律者。有人把上下聯互易，還把牛字句移到馬字句之下，造成兩個平聲尾字。馮先生是楹聯大家，平生創作佳聯不少，安能如此！附帶說一下，日本人還時興慶「白壽」，那是「百」字去掉上面一横，隱喻「九十九」。

在此附帶說一下：流傳的聯語，各種書籍中的記載容有不一致之處。筆者採取擇善而從的辦法。讀者可以這樣認為：此書中所錄的聯語都是經過筆者「加工揀選」過的，屬於「白版」（白化文版本），可不見得是初版原本。即以聯壇著稱的康有為壽吳佩孚五十歲壽聯為例，「白版」是這樣著錄的：

牧野鷹揚，百世勳名才半紀；
｜｜——｜｜——｜｜
洛陽虎視，八方風雨會中州。
——｜｜｜——｜——

有的書籍所載，「百世」為「百歲」，「勳名」為「功名」，「半紀」為「一半」，「虎視」為「虎踞」。究竟誰的對，讀者請自行研究可也。

壽聯的載體，也在這裏説一説。載體多種多樣，共同的要求是盡可能地精緻一些。例如，紙書的壽聯最多，不可用白紙與冷色的紙。亮黃色也不行。必須用暖色的紙，但顏色可以淺些，以免墨跡不顯。一定要裝裱好，鑲在長玻璃鏡框裏也行。絹書的要求相同。祝女壽特別是老年有身份的女壽（老年男壽與雙壽亦無不可），過去有時用刺繡聯，費事費時費工，當代內地不宜提倡。

字體則最好不用草書。楷書雅俗共賞，行書、隸書、篆書也可備一格。

撰寫壽聯應注意之處

撰寫壽聯應特別注意之處，提出兩點供參考：

第一，必須時刻注意避諱問題。

例如，章太炎（炳麟）贈黃侃五十歲壽聯：

韋編三絕今知命；

黃絹初裁好著書。

——————

上聯用孔子的兩個典故。「韋編三絕」直用《史記．孔子世家》所載孔子晚年勤奮鑽研《易經》事；「知命」則為《論語》所載孔子自述「五十而知天命」事，形容黃侃刻苦治學。下聯的「黃絹」用《世説新語》故事，「黃絹」是帶色兒的絲織品，乃是「色絲」，可以合成一個「絕」字。在這裏，中國人傳統的「避諱學」恰恰被章老先生給忽略了。按聯法的「蟬聯格」，即上聯尾字與下聯首字可以嵌字並連讀的方式，那就是「命絕」；前面還有「三絕」呢！這不是要命的事嗎？相傳黃氏看到此聯，大吃一驚，認為是個先兆，因而鬱鬱寡歡，不久下世。

關於避諱之學，還可以舉出古代口語與文言間不相合因而引起問題的一段故事：

前明翰林院有孔目吏，每學士制草出，必據案細讀，疑誤輒告。劉嗣明嘗作「皇子剃胎髮文」，內用「克長克君」之語。吏持以請。嗣明曰：「此言『堪為長堪為君』，真善頌也。」吏曰：「內中讀文書不如是，最以語忌為嫌。既克長，又克君，殆不可用也。」劉乃悚然易之。此吏可謂深識體裁者矣！（清・梁紹壬《兩般秋雨庵隨筆》卷八「翰苑吏」條）

可見，中國古代的避諱學，學問很深，千萬要多多注意。不僅寫壽聯，撰寫任何對聯，都要時時把避諱牢記於心，不然，可能出大事的！到那時，悔之晚矣！

第二，謹防用典不及其年。此種情況時有發生，雖大作家亦難免。下舉兩例以明之。如，袁枚壽史貽直七十歲聯：

南宮六一先生座；
——||——|
北面三千弟子行。
||——||—

「南宮」在清朝可指代六部尚書，特別是禮部尚書；也可指代會試考官，特別是主

考。以上幾方面，史貽直都很夠格。「六一先生」是宋朝大名家歐陽修晚年自號，用來作比，看來善頌善禱。史貽直在翰林院掌院時，袁枚是庶吉士，頗受青目。下聯也很有着落。不耐推敲之處在於：歐陽修只活了六十六歲，而此聯上聯太坐實啦！相對來說，曾國藩贈歐陽兆熊七十歲壽聯就活脫得多：

三千歲月春猶小；
——————
六一風神古所稀。
——————

歐陽兆熊的生日是在陰曆十月，此月有「小陽春」之稱。《漢武故事》《神異經》《神農經》等書中記載，西王母的桃子三千年長成，東方朔有三次偷盜記錄；玉桃等仙桃吃了能成仙，等等。所以中國人上壽用壽桃。上聯用「三千」稱頌，就用了這些混合在一起的模糊概念。下聯明點「古稀」，說壽星有六一先生那樣的風神，目的是暗中點出同姓，不黏不着，所以為高。

再一點與頭一點有相通之處，即除非十分知根知底的老朋友，莫逆之交，在撰寫壽聯時可以為壽翁壽母說些感慨的話以外，最好別獨出心裁。總之，壽聯以善頌善禱為主。現在舉聶紺弩先生八十大壽時兩位先生的壽聯為例。注意，這些都是「文化大革命」後的特例。有老先生間的交情、氣度、遭際則尚可，我輩還是少畫虎為妙：

忍能對面為盜賊；（《茅屋為秋風所破歌》）
——｜｜——｜

但覺高歌有鬼神。（《醉時歌》）
｜｜——｜｜—

這是程千帆先生集杜甫詩句，為聶先生壽。反正兩位老先生閱歷世事滄桑，都滿不在乎啦！後學如筆者，代為出冷汗矣。

已成鉛槧千秋業；
｜—｜｜——｜

依舊乾坤一布衣。

——————

這是虞北山（愚）先生寫給聶先生的壽聯。寫得比較隱晦。平反後，許多人又「上去」了，聶先生卻是依然故我。表面上看，似是為聶先生鳴不平，實則讚美聶先生之孤高。

習作

有人說，你講了這麼多，想必是能寫了。拿出你的成品來，讓大家見識見識。筆者會向您報告：寫是寫過幾副，入不了名家的法眼呢。既然您想評判，恭敬不如從命，就取出幾副來獻醜吧。

一副是一九九零年作，獻給北京大學中文系老教授，我們的老師林靜希（庚）先生八十大壽的壽聯：

海國高名，盛唐氣象；

｜｜——　｜—｜｜

詩壇上壽，少年精神。

——｜｜　｜———

林先生是詩人，所作新詩宏放飄逸，神似李白一脈。林先生詩名盛傳海外，也如同盛唐時日本、朝鮮等國來華人士爭相購買李白的詩集一般。林先生又是名教授，著名文學史家，對唐代文學最有研究。「盛唐氣象」「少年精神」這兩個專門性詞語，就是林先生創造的，在課堂講授時經常說到，撰文也時有論及。這副聯就以這兩個詞語雙雙作底。上壽是模糊概念，從八十到一百歲都可稱上壽。

另一副是一九九一年作，獻給北京大學東方學系老教授，我們的老師季希逋（羨林）先生八十大壽的壽聯：

岱嶽華巔，名高九譯；

｜｜——　——｜｜

宗師鶴壽，會集群賢。

——————

為了給季先生慶壽，北大東方學系同時召開「東方文化國際學術研討會」。季先生是山東人，此聯就從山東本地風光和祝壽學術會議這兩方面下筆。岱嶽是泰山，位於山東，是世界名山。「華巔」雙關雪裏高山和名人年高德劭。季先生深通東西方多種語言文字，蜚聲國際，「九譯」原意是多次輾轉翻譯，後來也作殊方遠國的統稱。「宗師」原意是指受人尊重堪為師表的人，《漢書·藝文志》：「宗師仲尼」，特指孔子。孔子是山東人，教師的師表。鶴壽特指老年人如仙鶴那樣長壽，也是模糊概念。王羲之《蘭亭集序》：「群賢畢至，少長咸集。」用來指這次學術研討會。上下聯首字嵌「岱宗」，是對五嶽中泰山的尊稱。必須說明：壽聯中鑲嵌字樣，一定要做到落落大方。

再一副是一九九六年作，還是獻給季先生的八十五歲大壽的壽聯：

魯殿靈光在；

————

梵天壽量高。

——————

魯靈光殿是西漢魯恭王劉餘在山東曲阜建築的宮殿。據東漢王延壽的《魯靈光殿賦》中說，經歷滄桑之後，西漢的包括皇宮各大宮殿在內的建築全毀壞了，只有此殿巍然獨存。後來常常用來比喻碩果僅存的極為寶貴的人或物。這裏用來比喻季先生是「國寶」級人物，應該好好保護的。「梵天」是梵文意譯，全稱「大梵天」，是一位等級最高的佛教護法天神，他與他的眷屬居住的天界也稱為「大梵天」。「壽量」是佛教術語，指壽數的長短。住在梵天之內的梵天神及其眷屬，壽數僅次於有無限壽命的佛。季先生是山東人，主要的學術研究領域是梵文，故上下聯一點明地域，一點明學術。

二零零二年，季先生九十晉二華誕，又獻上壽聯一副：

此即名為無量壽；（《一切秘密最上名義大教王儀軌》）

——————

知公心是後凋松。（黃庭堅《和高仲本喜相見》）

———｜｜——

由王邦維書寫，署我、李鼎霞、王邦維、馮丹四人名。此聯是集句聯。可惜的是，在佛經中沒有找到「即此名為無量壽」，查光盤索引中有「即此」，翻到原經中還是「此即」。

二零零五年，季先生按中國記虛歲計算為九十五歲，又獻一聯：

八千歲為春，盛世耆英，薄海仰瞻尊岱嶽；

｜—｜——　｜｜——　｜｜｜——｜｜

九五福曰壽，和諧社會，大年安養頌先生。

｜｜｜｜｜　——｜｜　｜——｜｜——

「九五」點明九十五歲（虛歲）。此聯平仄不調處頗多，特別是下聯第一分句，連用五個仄聲字，實在慚愧之至。可是，二零零六年，又通知我說，今年為季先生慶祝九十五歲大壽。這可是實歲。只可再點「九五」：

九譯學人共瞻天北斗；

｜｜｜—｜——｜｜

五洲弟子同慶魯東家。

｜—｜｜—｜｜——

這是從頌王漁洋一聯（本書中引用了）化出，加上冠頂格「九五」，點出祝壽。

我的習作中以壽聯居多。下面再舉幾副。

一副是代人給一位百歲華誕的老夫人祝壽的（一九九九年十一月十九日所作）：

蘭映閨，彩成行，慶慈母遐齡曼衍；

—｜— ｜—— ｜—｜——｜｜

女斟酒，男上壽，逢老人瑞應長春。

｜—｜ —｜｜ —｜—｜｜——

另一副是祝我的老學長王禹功和我的老嫂子謝福苓八十雙壽的：

青春攜手連心，雙棲展翼；

———｜——　——｜｜

老宿齊年偕老，百歲同登。

｜｜———｜　｜｜——

還有一副是一九九七年與程毅中學長合作的，獻給我的本師周紹良老居士八十大壽的壽聯：

維摩居士兼通內外典；

———｜——｜｜｜

南極老人自有松柏姿。

—｜｜—｜｜—｜—

周先生文史兼擅，是中國佛教協會副會長，還兼任多種學會的顧問等職。佛教稱佛學著作為內典，此外的學問都是外典。維摩詰居士是佛經中記述的著名的兼通內典與外典的大學問家。南極老人是中國民俗中認為的帶傳統性的壽星。《論語》中說：「歲寒，然後知松柏之後凋也。」比喻經歷世路風霜而堅持正道的老人。

第三節　輓聯

輓聯是人際關係——應酬聯語中的一大宗。應酬聯中別的種類的聯語，和喜慶多少總有點關係，只有輓聯為哀悼、飾終之用。

總的來說，一副輓聯本身存在的時間不會很長。新中國成立前流行擺設靈堂受弔，一般七天，有時長達七七四十九天，輓聯陸續送到，不斷懸掛；新中國成立後，設靈堂的時間較短，一般只在遺體告別或追悼會上懸掛輓聯，最多幾小時也就撤去。按習俗，輓聯均應在撤靈時燒化，沒有在家中常掛輓聯之理，哪怕是名人或書法大名家的傑作也存不住。但是，有些喪家常在喪事中或事後編印《哀榮錄》《哀輓錄》

之類資料，其中抄存大批輓聯，借以流傳永久。也有個別輓聯刻於墓道，算是間接保存真跡了。

載體與書法

先在此說一說輓聯的載體。輓聯一般用白紙書寫而不裱，以便臨時張貼，事後迅速焚化。因此，單從載體的角度看，真是「秀才人情紙半張」，屬於最為粗放型的。新中國成立前，為了在經濟上接濟喪家，常有送大幅白布輓聯或輓幛的，用黑墨在上面書寫。張掛完畢，由喪家自行染黑，做衣服裏子等用。新中國成立後，有一段時期布料供應少，此種作法無形中取消。改革開放以來，隨着人民生活水平大大提高，物資供應異常豐富，代之而興的是用長長的雙幅黑色或藍色毛料，或用白色、黃色絲綢，做成輓聯、輓幛，用白紙裁寫成方塊字，一個字一個字地用別針別在上面。喪事過後拆下來，喪家可作衣料。筆者認為，這些都屬於變相送禮，有的於廉政建設有礙，不值得提倡。如果必須贈送此類輓聯，那麼，寫作聯語時必須相度布幅尺寸以決定字數，這是最需要注意的。其實，一般寫作輓聯，也應注意字數。

三四個字太少，還可能會被誤認是輓幛（輓幛有點像單幅的「中堂」）。起碼也得六七個字以上吧。兩三個分句組成的，更足以抒寫胸臆，寄託哀思。輓聯一般在得知喪事音信後匆匆書寫，限於時間，也難以寫得太長。

寫輓聯，一般只宜用楷書，墨筆書寫，略帶些行書體和隸書體尚可，草書、篆書等難認的字體則不宜。因為，輓聯是撰寫給喪家和弔喪的客人看的，要以大多數人能認識為準則。靈堂亦非書法家露臉逞能之處。筆者見識少，只聽說陳毅元帥的追悼會上，張伯駒先生送的那副被毛主席讚賞的輓聯是用鳥篆書寫的（毛主席主要欣賞此聯的內容），可還沒有親眼見過篆字和草字書寫的輓聯呢！說句玩笑話，那可是所謂「匆匆不暇草書」是也。

當前，寫輓聯似乎越來越趨向簡化手續。一種簡易的辦法是，由承辦喪事的逝者所在單位等找人寫成小型長條，每個字也就方寸左右，常為在追悼會上弔客簽名桌旁臨時書寫。有時就別在花圈上，署名與送花圈者的署名還往往不是同一個人，似有附庸之嫌。這種作法，下走期期以為不可。因為，一則很不尊重送輓聯者，寫作輓聯的人是得動腦筋的，而送花圈只是打電話的工夫，在北京等地還不用自己花錢，佈置禮堂全給算上了。二則不甚嚴肅。追悼會上，最能從不同角度看出人們寄託哀思和對逝者的評價之處，厥惟輓聯耳。所以，輓聯應懸掛在醒目之處，字體應大一些。前些年在有罩棚的告別室內外拉上鐵絲，遍掛輓聯，形成一種悲痛哀惋氣氛，引得與這一處告別室無關的友鄰人等也來矚目，實在值得提倡。

輓聯的寫法

研究輓聯的寫法，載體和書法都是次要的，當然以內容為主。下面就進入正題：撰寫輓聯，首先應做到瞻前顧後，左右顧盼。這就是說，瞻前，要對逝者一生的優點、特點或突出貢獻有深刻、全面的了解，然後才能做出概括性的表述。顧後，則是對逝者家屬的態度應有些了解。左右顧盼，是對逝者所在單位的態度要有清醒的認識，進而對逝者的親朋好友的觀點也是了解得越多越好。萬不可自以為與逝者是熟人，不詳加思索，下筆就來，那是很容易得罪逝者家屬和某些活人的。切記：輓聯是寫給活人看的，不是給逝者看的。表面是對逝者說話，實則是說給活人聽的。特別是在代表團體和為人代筆撰寫輓聯時（當秘書的人最容易攤上這件受累不討好的苦差使），更得把各方面的關係全理順了。

當然，輓聯究竟不等於逝者生平事略，更做不到蓋棺論定。所以一般只談優點、好處，講的是過五關斬六將，千萬別提走麥城。抑揚太過都不可取。經常採用的一種寫法是，表達出一種適當的評價來。

試舉邵循正先生輓陳援庵（垣）先生聯為例：

稽古到高年，終隨革命崇今用；
——————————
校讎捐故技，不為乾嘉作殿軍。
——————————

此聯在學術界傳誦一時，至今猶膾炙人口。許多人都認為評價得當，而且合乎彼此的身份。

能以形象性很強的手法，把逝者的身份充份表現出來的，有數百年間一直為聯家稱許的紀昀輓劉統勳聯：

岱色蒼茫眾山小；

||——|—|

天容慘淡大星沉。

——|||——

此聯一定得是宰相級人物，還得立德、立功、立言具有「三不朽」資歷的元老，更得當時很受皇帝器重的，才當得起。贈送者的身份和輩份也不能低。

還有把雙方公私兩方面關係交代得極為清楚，又頗具哀悼之情的，如紀昀輓朱筠聯：

學術各門庭，與子平生無唱和；

|||—— ||———||

交情同骨肉，俾予後死獨傷悲。

———|| |—|||——

這是在沒話中找出話來，沒深交中找出深交來。一方面說明互不來往，另一方面又要表達哀惋之情。

把雙方學術、業務關係和友誼並合作的作品都包含在一聯之中，蘊沉痛於淡雅之中的，可舉趙元任先生輓劉半農先生聯：

十載奏雙簧，無詞今後難成曲；
——|——|——|——
數人弱一個，教我如何不想他。
——|——|——|——

《教我如何不想他》是一支由劉先生作詞，趙先生譜曲，傳唱至今不衰的名歌。此聯當是由此句生發，生發得好，其餘三個分句也能與之相頡頏。「數人」指的是當時討論學術的一個口頭一說，並非正式成立的鬆散組織「數人會」。趙楊步偉所著《雜記趙家》（我用的是中國文聯出版社一九九九年版）第二三九頁中記有：

元任他們朋友們的玩意可多了。第一，他們定了一個「數人會」，錢玄同、汪怡（一庵）、黎錦熙（劭西）、劉復（半農）、林玉堂（語堂）和元任。最初，他們這一班人都是國語統一籌備委員會的，忽然有這個地方（按：指的是楊步偉當時開設的診所的後院），有吃有談的多高興。第一是錢玄同，搖頭擺尾的高談闊論，談個不停。胡適之也偶然來來。王國維想加入，還沒正式加入進去，他自己就出事了。「數人會」的意思，是用《切韻·序》的一句話，就是「吾輩數人，定則定矣。」……所以元任以後輓劉半農的輓聯，有「數人弱一個，叫我如何不想他」之句。

楊步偉女史在這下面還有個註：「上聯差勁一點。……元任也承認，是先有了下聯，再想個上聯湊上去的。」按：趙元任先生此聯，純用「國語」即帶北京腔的普通話寫成，風格堪稱奇特，給人的印象特別深刻。話雖然俏皮些，卻還能表現出內心的沉痛，很不容易。這也昭示後來人：沒有趙先生的水平和他當時的悲痛心態，不可貿然使用過於俏皮的口語。

與此類似的還有輓劉半農先生一聯（作者失記）：

活昆蟲竟敢咬死教授；
——|||||
死文字哪能哭活先生！
|—||—||—

此聯下聯寫得沉痛，切合劉半農先生在五四運動中以白話文與衛護文言實則思想落後的人戰鬥的情形。上聯湊泊痕跡明顯。上下聯平仄失調之處甚多，全仗下聯振起。可見，一聯中有半聯足資稱道，也可流傳。

孫中山先生輓秋瑾聯，則是在辛亥革命勝利後招魂之作，後來鐫刻在紹興風雨亭上。究其實，屬於輓聯中一種特殊聯類，但其作法與一般輓聯並無不同。上聯述秋瑾在日本東京（古名江戶）帶頭參加革命之堅決；下聯記女俠的犧牲和今日的招魂紀念：

江户矢丹忱，多君首讚同盟會；
—||——||—||

軒亭留碧血，恨我今招俠女魂。

——｜｜——｜｜——｜｜——

注意：「多」字在此用為「君」字的謂語，意為「讚賞」。「多君」是意動用法，意為「認為你值得讚賞（之處在於首先翊讚同盟會）」。龔自珍《己亥雜詩》中有「多君鄭重問烏衣」之句，用法與此處相同。辛亥革命前後時期的知識分子，對龔氏的詩都是很熟悉的。「恨」字用古代語義，意近於現代語的「遺憾」。《說文解字》：「憾，恨也。」諸葛亮《出師表》：「未嘗不嘆息痛恨於桓、靈也。」其中的「痛恨」乃「痛心與遺憾」之意。孫中山先生正用此意。

關合逝者生年月日和逝世年月日、時令、節日，也是一種作法。如金岳霖先生輓林徽音女史聯（林逝於一九五五年四月一日）：

一生詩意千尋瀑；

——｜｜——｜

萬古人間四月天。

｜｜——｜｜——

下聯關合林氏逝世月份和林氏著名詩作《你是人間的四月天》的題目。

有清末輓北京某青年京劇演員逝世聯語一副，內容輕佻無足取，致使當代有人誤認為輓女演員聯，實則是輓男演員的，這也是那時不足道的一種壞風氣吧。可是此聯關合生日與逝世日期，頗為靈巧，姑舉以為例：

生在百花先，萬紫千紅齊俯首；
——|——||——|
春歸三月暮，人間天上總銷魂。
——||——||——

相傳陰曆二月十五日為「花朝節」，乃百花生日。上聯述逝者生日是花朝節前一日；下聯記逝世日期為陰曆三月晦日，即月末最後一天。《清朝野史》引此聯，說是咸豐皇帝和一位京官陸眉生共同寵愛坤伶周翠琴，所以「人間天上」分別有所指。這是求之過深了。筆者總不相信此種傳聞，認為是《李師師外傳》的翻版。北京坤伶到清末民初王克琴、劉喜奎、鮮靈芝登台時，才大行其道呢。

撰寫輓聯，當然得帶出一些哀悼與感慨之意。有的人眼淚擠不出來，或者慨嘆不出甚麼意思來，那麼，筆者建議，可以採用集古人詩句的辦法。古人詩句既然是詩，總會帶點詩意與情感。還有使用典故的，可以移花接木，轉換到自己這邊來。可稱一舉兩得之事。

舉京劇王瑤卿大師輓他的師輩陳德霖老夫子聯為例：

平生風義兼師友；（李商隱《哭劉》）

——————————

一別音容兩渺茫。（白居易《長恨歌》）

——————————

此聯據說是袁寒雲（克文）代筆。俞平伯老先生曾評議說，特別是下聯，暗中改變了白居易原句的內涵，雙關地悼念舞台演員，用古人化，「可謂風流蘊藉矣！」

撰寫輓聯應注意之處

關於撰寫輓聯應注意之處，筆者也提出幾點意見，僅供參考吧。

第一點是，在當代，短時間內大量地集中於小範圍內的對聯集群，就屬輓聯了。為張掛在一起方便，往往由單位先期徵集輓聯，統一書寫與懸掛，書法千篇一律，待研究的恐怕就剩下內容了。因而可把追悼會掛輓聯比作某種對聯擂台大賽，參賽者的水平、態度，一覽無餘。沒有兩下子，最好藏拙。而且，很容易寫出糾紛和後患。筆者以為，傷腦筋加受累，還不一定落好，何必呢！除了必要的非寫不可的應酬以外，少寫甚至不寫為宜。

可是，從另一方面辯證地看，仔細觀看懸掛的輓聯，卻是一次上好的學習機會。不但可在心底默評聯語優劣得失，還能從多方面推知撰寫者的態度。當然，不宜在哀悼氣氛中與人熱烈討論，交換意見，甚或露才揚己，斯為大忌焉！

舉蔡鍔逝世後北京的追悼會上幾副輓聯為例：

三年奔走空皮骨；（《將赴成都草堂，途中有作，先寄嚴鄭公五首》其四）

——｜——｜

萬古雲霄一羽毛。（《詠懷古蹟五首》其五「諸葛大名垂宇宙」）

｜｜——｜｜—

這原是清朝人集杜甫的兩句詩，沒有人當得起。蔡鍔逝世，用作輓聯，堪稱人詩相配，還帶出「大名諸葛身先死」的深刻感慨呢！

張謇輓蔡鍔聯：

國民賴公有人格；

｜—｜——｜｜

英雄無命亦天心。

——｜｜｜——

此聯內容頗佳，但上聯平仄為跳躍式，一個字一個字地往外蹦，與下聯的平仄也不調諧。

傳易順鼎手筆，代小鳳仙作，輓蔡鍔聯：

萬里南天鵬翼，君正扶搖，那堪憂患餘生，萍水因緣成一夢；

｜｜——｜｜ —｜—— ｜——｜—— —｜———｜｜

幾年北地燕支，自悲淪落，贏得英雄知己，桃花顏色壯千秋。

｜—｜｜—— ｜——｜ —｜———｜ ———｜｜——

按：為小鳳仙代筆的聯語多副，似以此聯為最有氣魄。

楊度輓蔡鍔聯：

魂魄異鄉歸，於今豪傑為神，萬里山河皆雨泣；

—｜｜—— ———｜—— ｜｜———｜｜

東南民力盡，太息瘡痍滿目，當時成敗亦滄桑。

———｜｜ ｜｜——｜｜ ———｜｜——

蔡、楊二氏的關係頗具戲劇性。張伯駒先生《素月樓聯語》中引之，評曰：「下聯語氣倔強，無韜晦之意。」

第二點是，如果非寫輓聯不可，那就得十分着意從事，別惹事。這似乎是前一點的毫不危言聳聽的補充。下面亦舉一例：

卻說，有一日黃叔蘭丁了內艱，設幕開弔。叔蘭也是清流黨人，京官自大學士起，哪一個敢不來弔奠。……大家正在遍看那些輓聯、輓詩，評論優劣。壽香忽然喊道：「你們來看侖樵這一副，口氣好闊大呀！」……掛在正中屏門上一副八尺來長白綾長聯，唐卿就一字一句的讀出來，道：

看范孟博立朝有聲，爾母曰：「教子若斯，我瞑目矣！」

效張江陵奪情未忍，天下惜：「斯人不出，如蒼生何？」唐卿看完，搖着頭說：「上聯還好，下聯太誇大了。不妥！很不妥！」寶廷也跟在唐卿背後看着，忽然嘆口氣，道：「侖樵本來鬧得太不像了，這種口角，都是惹人側目的。清流之禍，我看不遠了。」（曾樸《孽海花》第五回）

請有興趣的讀者仔細閱讀《孽海花》中的有關回目，便知其「很不妥」之處何在了。附記：個別的當代聯話引此聯，將「丁內艱」誤解為喪妻，是不對的，實為喪母。

第三點是，要重聯德，除了對於敵人外，寫輓聯萬不可用挖苦甚至敵對的口氣。這一點，名賢不免。章太炎（炳麟）先生就犯此病。在章先生則尚可，我等並無先輩的德才學識，決不能幹畫虎不成和惹火燒身的事。下舉兩例，如章先生戲輓伍廷芳聯：

一夜白髭鬚，多虧東皋公救難；

｜｜｜——　—————｜｜

片時灰骸骨，不用西門慶花錢。

｜———｜　｜｜——｜——

《素月樓聯語》引此聯，云：「清室遜位後，南北議和，伍廷芳任其事，頗費周折，久無成議。伍心勞唇敝，鬚髮為白。後病篤，遺言火葬。卒後，家人遵意行之。」

又云：「上切其姓，下切其火葬，謔而近虐矣。」按，所用「典故」均出自小說。上聯取用《東周列國志》，借伍子胥過文昭關的故事暗切作者姓氏；下聯採自《水滸傳》與《金瓶梅》，武大郎之「武」與「伍」諧音。古人用典尚雅，有人用了唐人傳奇《柳毅傳》，尚且遭到譏笑。章先生用後來載入「不登大雅之堂」目錄中所載的書籍中材料，雖然極為貼切，但誠為戲謔之言。

還有章先生為南京革命烈士追悼會所作的輓聯：

群盜鼠竊狗偷，死者不瞑目；

—｜｜｜｜— ｜｜｜—｜

此地龍蟠虎踞，古人之虛言。

｜｜——｜｜ ｜————

用「鼠竊狗偷」對「龍蟠虎踞」，卻是一組相反相成的對仗。袁克文弔江蘇督軍李純，也用來作對：

盡鼠竊狗偷，舉目難逢真國士；
——｜｜——｜｜——｜
空龍蟠虎踞，傷心誰弔故將軍。
——｜｜——｜｜——

此兩聯目空一切，把大多數人都罵進去了。這種舊社會中名士佯狂罵世的心態與作法，我們生活在新社會中的晚生後輩切不可效法。

孫中山先生逝世，輓聯無數，後來集成《哀思錄》，正式出版。張伯駒先生《素月樓聯語》引其中吳稚暉一聯：

聞道大笑之，下士應多異議；
——｜｜——｜｜——｜
貽謀後死者，成功不必及身。
——｜｜——｜｜——

「下士」用《老子》成句：「下士聞道，大笑之。」而略加變化。「貽謀」原典出於《詩經．大雅．文王有聲》：「貽厥孫謀。」後來習用於指長輩（祖父或父親）對子孫的教誨，特別是臨終教誨。「成功」一分句則引當時新公佈的孫中山先生遺囑：「革命尚未成功，同志仍須努力。」張伯駒先生評此聯：「運典切合，用意深遠。」注意：北洋系統的人看了一定不會高興。可見，寫輓聯做到人人滿意似乎不可能。對一般的人，寫得不得罪人就行。對大人物，咱們自然得站在進步的一方，得罪點反動派也是無妨的了。

還可舉出吳小如老師輓吳曉鈴先生聯：

久沐春風，高山安仰；
｜｜——｜｜——｜
深悲絕學，薪炬誰傳。
——｜｜——｜——

筆者見到此聯後，曾向吳先生面陳：下聯可能會得罪吳曉鈴先生門下的一些人。吳小如先生向來爽直，認為事實就是那樣。還說，別太世故了。聽說，後來還是改動了。

此外，還有雖非戲謔，卻顯得佻巧的作對手法，切宜慎重，最好不用。如易君左（家鉞）輓香港自殺的影星莫愁一聯，用集句「縮腳體」，即隱去最後一字：

與爾同銷萬古；（李白《將進酒》詩）

｜｜——｜｜

問君還有幾多？（李煜《虞美人》詞）

｜——｜｜—

以詩對詞，誠為難得的妙筆。還把「莫愁」和自殺隱隱地套進去了，誠為妙筆。但是，雖有憤世之意，究非正音，且有輕佻逞才之嫌。易老先輩才氣縱橫，為之則可。我輩後生小子，當以之為戒。

第四點是，輓聯應在逝者「蓋棺」後撰寫，起碼得在彌留時構思，才合乎「論定」之理。再則，古來就有忌諱：預作輓聯是咒人死呢，大忌！試看後果：

曾〔國藩〕與湯海秋稱莫逆交，後忽割席。緣曾居翰林時，某年元旦，湯詣其寓賀歲，見硯下壓紙一張，湯欲抽閱之，曾不可。湯以強取，則曾無事舉其平生之友皆作一輓聯，湯亦在其中。湯大怒，拂衣而去。自此遂與不通聞問。後曾雖再三謝罪，湯勿理也。曾工撰輓聯，長短高下，無不合格。同時江忠烈忠源，篤於友誼。有客死者，忠烈必派弁護櫬而歸。因有「江忠源包送靈柩，曾國藩包做輓聯」之謠。二公聞之，乾笑而已。（李伯元《南亭筆記》卷八）

按：湯鵬（一八零一—一八四四），字海秋，湖南益陽人，與曾國藩是大同鄉，前輩。湯逝世後，曾氏有輓聯：

著書成二十萬言，才未盡也；
｜——｜｜｜— —｜｜
得謗遍九州四海，名亦隨之。
｜｜｜｜—｜｜ —｜——

此聯除了平仄失調處頗多以外，內容和寫法很受後來人注意與仿效套用。實際上，湯本人是否當得住此聯的稱譽，恐怕是經不住歷史考驗的。從此聯看，二人並未參商。可見筆記小說的記載不甚可靠。但是，我們可以從而得到教訓：輓聯不是寫着消遣的，先期做準備也不可過早。

我那位中學大學都是同學、後來又在北大同事的六十多年老友王禹功大學長，活得好好的，要求我現在就給他撰寫輓聯，趁着還明白的時候好看一看。我說：「咱倆誰走在前頭尚且未定。再說，這是您一百二十歲以後的事，到那時我再給老大哥效勞吧！」

這裏要說明的是：這一節中談到幾位先輩的聯語，並建議後來人最好不要學他們的作法。筆者絕不是認為先輩缺少聯德，只是提請讀者注意，我輩應有聯德罷了。先輩處在他們的特定時代中，自有他們那樣作法的道理。筆者毫無批評先輩之意。

習作

最後，還是仿效筆者在「壽聯」一節中的作法，把拙作幾副輓聯錄出，請讀者指教：

說天竺記大唐，開宗明義源流在；

｜—｜｜｜— ———｜——｜

括五明囊內典，閱藏知津目錄傳。

｜｜——｜｜ ｜｜——｜｜—

這是輓佛學大師呂秋逸（澂，一八九六——一九八九）先生一聯。呂先生一生著作等身。上聯隱括他的《中國佛學源流略講》《印度佛學源流略講》兩書；下聯隱括其《佛典泛論》《因明綱要》《因明入正理論講解》《新編漢文大藏經目錄》等書。這是用的撰寫輓聯的一種常用方法，即是指出逝者給這個世界留下了甚麼。也就是說，人雖然不在了，還留下甚麼存在，給後人留下甚麼可思念之處，例如：著作、功績、培養後來人的成績等等。

秘府校書，薪傳令子；

｜｜｜— ——｜｜

中華稽古，澤被學人。
——｜——｜——

這是輓中華書局原副總編輯趙守儼（一九二六—一九九四）編審聯。趙先生與筆者累世通家。他曾主持《二十四史》與《清史稿》等大部頭古籍的點校工作。令子指其子趙珩，北京燕山出版社原總編輯，也擅長古籍整理工作。故上聯用劉向、劉歆父子相傳秘府校書的典故。

絲路驅馳，遍觀窟寺推三老；
——｜——｜——｜——｜——｜——

鳳毛繼紹，博考城坊記兩京。
｜——｜——｜——｜——｜——｜

這是輓北京大學考古系老教授閻文儒（一九一二—一九九四）先生聯。閻先生是我國石窟寺考古開拓者之一，新中國成立前後曾遍歷我國南北各大石窟，撰有《中國石窟藝術總論》等書。「三老」是掌管教化的老人。《禮記・文王世子》鄭註：「三老、五更各一人，皆年老更事致仕者也。」鳳毛，據《世說新語・容止》：「大奴固自有鳳毛。」余嘉錫先生箋疏：「南朝人通稱人子才似其父者為鳳毛。」此處指閻氏之子，前北京圖書館館員閻萬鈞，他與其父合著《唐兩京城坊考補》。此聯與前一聯的手法相同，除了講述逝者本人留下了甚麼以外，還講到他們培養接班人的成績。

盡瘁在圖書，老成垂範存周密；
——｜｜——｜｜——｜——｜
持衡承月旦，推選擢登仗品題。
——｜——｜｜——｜｜——

這是輓圖書館學界元老、古籍版本目錄學家、書法家顧起潛（廷龍，一九零四—一九九八）先生聯。顧先生在我國圖書館園地辛勤耕耘近七十年，主編《中國叢書綜錄》《中國古籍善本書目》《續修四庫全書》等，是這個領域內公認的權威。筆者在申請副教授、教授職稱的兩次評審中，均承蒙顧先生大力識拔，提出推薦信。

下聯所云，即指此事而言。用上聯概括逝者一生成就，下聯敘述撰聯者與逝者的關係，也是一種常用的撰寫輓聯的方法。

中華書局原副總編輯、現任中央文史館館員程毅中學長亦有輓顧先生聯，附載於此：

書目功成，方祝期頤臻百歲；
——————————
津梁惠溥，永垂遺澤逮千秋。
——————————

「書目」特指《中國古籍善本書目》。「津梁」則泛指顧先生所編的種種書目等，以及為圖書館界所作的各種工作。此聯着重在指出顧先生一生貢獻巨大，而且大功告成，得享高年，已經沒有太多的遺憾了。

還可舉筆者輓大學同班、中國社會科學院語言研究所原所長劉堅（二零零二年十二月十七日逝世）聯：

文字有親緣，真醇雅量承陳老；
—｜｜—— ——｜｜——｜
語言多妙解，邃密宗風紹呂翁。
｜——｜｜ ｜｜——｜｜—

劉堅學長係呂叔湘先生的嫡系，接班人之一，故下聯及此。劉堅學長係古文字學家陳邦懷老先生之婿，上聯及之。

再舉代表原北京育英中學一九四九屆畢業班全體老同學輓張仁佑聯：

六載溯同遊，忠厚謙誠，友情無間；
｜｜｜—— —｜—— ｜——｜
一心攻專業，博達勤奮，學術有成。
｜———｜ ｜｜—｜ ｜｜｜—

拙作平平，力求四平八穩而已矣。

再舉近作數聯。

有輓故宮博物院研究員朱家溍老先生（二零零三年九月二十九日逝世）聯：

金台老宿，早擅三絕逸才，餘事和聲鳴盛世；
——｜｜　｜｜—｜｜—　—｜———｜｜
紫禁清班，臚陳十朝通典，退食加意寫宮城。
｜｜——　——｜——｜　｜｜—｜｜——

朱老祖籍浙江蕭山，但我判斷，是在晚年才衣錦榮歸的。是老北京，是老故宮，是中央文史館老館員，「金台老宿」「紫禁清班」均當之無愧。「三絕詩書畫」，擅長的可不止這三項。著作中有《故宮退食錄》及其他多種，又是名票友，故此聯概括之。

有輓北大中文系中年教授、全國勞動模範孟二冬同志聯：

術業有專攻，雁塔科名勤訂補；
｜｜｜——　｜｜———｜｜

知交於未遇，燕園論議想平生。

———｜｜　——｜｜｜——

上聯隱指二冬同志的成名作《登科記考補正》（二零零三年北京燕山出版社出版，主要責任編輯楊韶蓉）；下聯隱括二冬夫婦與我們夫婦是二十多年的老交情。

最後，舉我為本師周紹良先生碑陰所製聯語：

士表文宗，世尊山斗；

｜｜——　｜——｜

青山明月，人仰清芬。

———｜　—｜—｜

周先生卒葬燕山山麓「萬佛陵園」，地脈極佳。李白《贈孟浩然》：「高山安可仰，徒此揖清芬。」

第六章　裝飾性對聯

這一大類對聯的共同特點：一是懸掛的時間久，有的能掛幾百年，損壞後重修再掛；二是因懸掛時間久而對載體的要求高。

要是細分起來，這一大類對聯比較雜，凡是不屬於前一章的喜聯和壽聯、輓聯三類的對聯，幾乎都歸入這一大類之中。它們大致可以歸納成以下幾類：

一、門聯和行業聯：門聯是漆寫在兩扇大門之上，或者懸掛在大門外的立柱上，又可分為住宅門聯和行業門聯兩類。行業聯，除了門聯以外，還有裝飾在室內的，裝飾在室外其他地方的。新中國成立後，新建築多採用西式，只一扇門，或用轉門等，門聯已經不大時興了。行業聯也趨於消失。作為行業聯的一個新變種，是為了廣告效應而徵集的行業聯。這種聯往往作出來並書寫出來而不張掛，卻用來在報章雜誌或電視上做廣告。

二、室內外裝飾聯：名勝風景區、園林內、寺觀中，以及古代宮殿、官署衙門、學校等處的室內外，作為裝飾用途的對聯是大批的。家庭中使用的室內裝飾聯，至今活躍在主要是知識分子的書房、臥室、客廳等地方。新建的紀念堂內外，也常用對聯裝飾。其中，宗教寺觀等處的內外對聯有其本身的宗教性質和宣傳色彩。

綜合上述，我們可以把室內外裝飾聯統一再行劃分為：主要供應個人、家庭使用的，即私人應用的和帶有公共性質的兩類。在第二類中，宗教性質的帶有特殊性，我們另編一章敍述。本章分述公私兩類裝飾性對聯。

第一節　個人、家庭用的室內裝飾聯

室內外裝飾聯與環境的關係

在這裏，得先把室內外裝飾聯與環境的關係說一說。它不但涉及本節，而且關聯到所有的室內和室外裝飾聯。

室內外裝飾聯，可說是室內和室外環境加上綜合藝術的一個有機組成部份。拿室內聯來說，一定得和全室的環境相諧調，力求融入整個大環境之中，要能加強而不可破壞整體風格，與經常活動於室內的人物的風格高度一致。這一點，我們看看《紅樓夢》中對聯的安排便可恍然。

《紅樓夢》第三回中，是這樣描述榮國府正院堂屋的匾額與楹聯的：

進入堂屋中，抬頭迎面先看見一個赤金九龍青地大匾。匾上寫着斗大的三個字，是「榮禧堂」。後有一行小字：「某年月日，書賜榮國公賈源」。又有「萬幾宸翰之寶」。……又有一副對聯，乃烏木聯牌，鑲着嵌銀的字跡，道是：

座上珠璣昭日月；

——————

堂前黼黻煥煙霞。

——————

下面一行小字，道是：「同鄉世教弟勳襲東安郡王穆蒔拜手書」。

這段描寫還使我們知道了，清代將這種木質的平板或抱柱的半圓形的，懸掛於室內牆壁上或室外柱子上的楹聯及其載體，稱為「聯牌」。

《紅樓夢》第八十九回（高鶚續補）中，描繪陰曆十月初林黛玉房中應時當令新添的室內裝飾：

寶玉走到裏間門口，看見新寫的一副紫墨色泥金雲龍箋的小對，上寫着：

綠窗明月在；

——————

青史古人空。

——————

……一面看見中間掛着一幅單條，上面畫着一個嫦娥，帶着一個侍者；又一個女仙，也有一個侍者，捧着長長兒的衣囊似的。二人身邊略有些雲護，別無點綴。全仿李龍眠筆意。上有「鬥寒圖」三字，用八分書寫着。

我們在本書中還引了《紅樓夢》第五回秦可卿臥室聯、第四十回探春臥室聯，這些對聯都起着烘托並顯露出主人公精神面貌的作用。至於「大觀園試才題對額」中對於室外裝飾聯與大環境配合的記述與議論，正是絕妙的對室外聯必須與環境調諧的說明。

從形式、載體方面看，室內和室外裝飾聯可說是各類對聯中最為百花齊放的，一般總是要求盡量地在與大環境調諧時做到精巧雅致。從字體、書法、尺寸、字數到載體與顏色，都是多種多樣，用意是和全室環境緊密諧調，更要兼顧在室內經常活動的人，以及常來常往的人們。要能夠切合主人身份，要做到使客人們能懂得能欣賞。下面舉出兩個極為特殊的例子：兩面看字聯。

《楹聯續話》卷四引：

黃右原曰：「從來聯語紙書居多，或刻以竹木，或用漆加雲母石，且有嵌牙玉者。至吳山尊學士，始出意製玻璃聯子，一片光明，雅可賞玩。惟字畫不能無反正之嫌。學士又運其巧思，使之表裏如一。其句云：『金簡玉冊自上古；青山白雲同素心。』上製一橫額，題『幽蘭小室』

—｜｜｜｜｜｜　——｜——｜—

四篆字。又請孫淵如觀察以雙款篆書『山尊先生』『孫星衍』七字。正面反面並是一樣。其巧不可階如此。」

鄭逸梅《藝林散葉》第一零八則有云：

陳蝶仙築蝶莊於西子湖頭。以愛鏡故，廊間多置長鏡。但楹聯入鏡，字作反影，頗以為憾。因擬用字之正反相同者為聯以張之。其女小翠曾撰若干聯，其一云：「北固風雲開畫本；東山絲竹共文章。」蓋篆體字

｜｜———｜｜　———｜｜——

適相稱也。

這兩聯真是匪夷所思。不過，鑲掛此種對聯，室內其他裝飾，包括室中賓主在內，都得雍容華貴，顯示出溫文爾雅，才能於富麗中顯露才華。試想，如果室內貼有幾張外國商店美女宣傳畫，再搭上幾個賭徒推牌九，呼幺喝六，啤酒瓶子亂扔一地，煙氣騰騰，那形成的對比也就太強烈了。

室外裝飾聯也是如此。應注意其內涵與外表的配合。如新建的黃鶴樓、滕王閣等名勝樓閣，富麗堂皇，聯語須闊大恢宏，載體應金碧輝煌，這才有吞吐江湖氣象。有的草亭蕭寺，最宜野趣天然，若掛上金字匾額與楹聯，就消受不起了。

室內裝飾聯舉隅

室內裝飾聯，就其安置場所論，主要在書房、客廳、臥室；就其作者來源論，不外主人自作、他人贈與、採買三途。

明清兩代到民國年間，對聯盛行，差不多的人家總會張掛一副以上的對聯。「聯話」等書籍中記載，對聯愛好者甚至連廁所也擬有對聯，是否張掛無考。當代則對聯熱已經降溫，城市住宅建築多為單門無堂屋之西式，知識分子居住條件欠佳，室內書櫃佔據大量牆壁，對聯的生存空間極端縮小。可以說，除了在小範圍之內外，個人應用的室內裝飾聯已經不時興了。最近有少數愛好者（包括一些建築師）提倡在公共建築如大賓館的客房內佈置對聯，倒是一條推廣的路子。

除了宮殿等大型建築物以外，一般建築室內空間狹小，因而不能張掛字數多、尺寸大的對聯。這是寫作此類聯語時必須首先考慮到的。其次，由於長期使用，有時效的內容最好不用；吉祥話多說，倒霉的字眼別使。勉勵上進的格言最受歡迎。

以下略舉一些清代至近現代的室內聯，供讀者參考：

「漁洋山人」王士禎，是清代康熙年間大詩人，文壇領袖，又屢任與科舉有關的高官，門下士極多。他的弟子殷譽慶贈他的一聯，著稱於聯書與筆記中：

天下文章，莫大乎是；
——｜—　｜｜——｜

一時文士，皆從之游。
｜—｜—　——｜—｜

平仄不調諧之處頗多，內容卻是善頌善禱。雖略有誇張，按王氏當時的情況，也還當得起。另有一副贈王氏的聯語：

尚書天北斗；
｜—｜——｜

司寇魯東家。
—｜｜——

此聯平仄和諧。王士禎曾任刑部尚書，故聯中以孔子任魯司寇為比。同時切合王氏為山東人，更切合他是一代宗師。以王氏比孔子，則有點比擬不倫了。據清代梁章鉅編著的《楹聯叢話》卷九中記載，這是那專愛拍大官僚馬屁的聲名狼藉的錢名世所作。錢名世後來寫詩拍年羹堯，拍出大婁子，被雍正皇帝封為「名教罪人」，那是後話了。但從此也可看出，送人聯語，要悠着點兒，不可順口開河，諂媚過甚，於人於己都沒有好處。

贈人的和自己撰寫的室內聯，一般懸掛在書房、臥室、客廳，以用格言者為多。其中盛行集句聯，先舉幾副奇特的室內聯：

天地埋憂畢；（《乙酉臘見紅梅一枝思親而作時小客崑山》）
—|——|
關山拭劍行。（《送劉三》）
——||—

這是康有為集龔定庵詩句，突兀奇崛，不可以常例度之。其中夾帶「埋憂」，「拭劍」則毫端似有殺氣。我輩後學，無康聖人之德能、身份與湖海豪氣，必須以畫虎不成為戒，萬不可學此種口氣。據鄭逸梅老先生編著的《南社叢談》記載，此聯為陸丹林（一八九六—一九七二）所得，極為欣賞。陸氏脾氣與常人不同，也許敢張掛。筆者沒有拜讀過金庸先生的武俠小說，深以為憾，不知金氏書中是否引用過此聯——倒是很適宜文武兼資的中老年劍俠書房中懸掛的呀！

精神到處文章老；
——||——|
學問深時意氣平。
||——||—

這是清代石蘊玉所作。

養天地正氣；
|—|||

法古今完人。

｜｜———

這是孫中山先生寫來贈人的室內聯。

格言聯語，過去有《格言聯璧》之類著作，可資借鏡。最好不照抄，另行搭配。

再舉幾副有特色的：

《兩般秋雨庵隨筆》中載有：

葛秋生慶曾齋中懸一聯云：「書似青山常亂疊；燈如紅豆最相思。」

—｜———｜｜　———｜｜——

語極清新。「青山」句，秋生自擬；「紅豆」句，則許滇生太史乃普所對也。

鄭逸梅《藝林散葉》第二九八六則有云：

章松庵有句「水月松風招白鶴」，苦無對句。陳栩園云：「何不對

｜｜———｜｜

以『石泉槐火煮烏龍』。」章大喜，倩人書為楹聯。

｜——｜｜——

此兩聯以清新雅致見長。

寫作此類聯，除了格言等常見內容外，更有切合受聯者的某種特點的：《楹聯叢話》載沈廷芳贈董文恭（誥）聯云：

著書台迥名繁露；

｜——｜——｜

入畫山多學富春。

｜｜——｜｜—

一切姓，一切地，又切其人善畫。

《兩般秋雨庵隨筆》中則載有：

嘉慶中，有曹姓人為彭澤令。其友贈一聯云：「二分山色三分水；

｜——｜——｜

五斗功名八斗才。」一切官地，一切姓，運典恰切。

｜｜——｜｜—

寫作室內聯的大忌，是和受聯者開玩笑。例如，清代有人給董姓人家客廳寫聯：

賢者亦樂此；

—｜｜｜｜

卓爾末由從。

｜｜｜——

這是「冠頂格」，罵姓董的不是董賢，就是董卓。後來被紀昀看出，方才撤除。

再有，上面已經說過，不可用不吉祥的字裏字面。例如，吳佩孚在被北伐革命軍打敗後流寓長江上游時，寫給一位姓王的男子的一副聯：

登樓文士思家國；
誓墓將軍惜歲華。
——————————

上聯用王粲《登樓賦》典故；下聯用王羲之（曾任右軍將軍）在先人墓前發誓不再出仕的典故。上聯講的是姓王的背井離鄉，下聯警告他不可空拋歲月。倒是很反映吳氏自己當時的心境。聯中出現「誓墓」字樣，您說可讓人家怎麼張掛呢？

贈人聯除了善頌善禱讓對方別不高興以外，能做到切合彼此身份才算高手。章士釗就是箇中巨擘。如他的贈杜月笙聯：

春申門下三千客；

———｜——｜

小杜城南尺五天。

｜｜——｜｜—

上聯以春申君與杜作比，往下看，當時杜的門客、徒弟確實不少；往上看則是下聯，隱喻杜和當時上層關係緊密。用的是唐代「城南韋杜，去天尺五」的典故，首見於杜甫《贈韋七贊善》一詩中自註。妙在用「小杜」。小杜原指杜牧。杜牧是一位跌宕風流之士，頗具湖海豪情，好言天下大事。而且，用「小杜」稱呼對方，顯得年輕，誰不愛年輕點呢？對比之下，自己當然是年長一輩的「老章」啦。雙方的身份就全都顯露出來了。老章真不愧老清客也。章士釗確實寫出過一些切合雙方或幾方面（如為身份不同的大家伙兒或某人代筆）身份的聯語來。筆者以為，章老實為近代大聯家之一。

最後，舉魯迅先生小說《祝福》起首處一例，以見室內聯與周圍環境之密切關聯。小說開頭，第一人稱的書中人物回老家，往訪他的「四叔」。但見四叔的書房中桌上放着《康熙字典》《近思錄集注》《四書襯》，中堂是「陳摶老祖」寫的「朱拓」「壽」字，「一邊的對聯已經脱落，鬆鬆的捲了放在長桌上」，另一邊還掛着，寫的是甚麼呢？「道是：『事理通達心氣和平』。」「四叔」這個人物的酸腐，以及他家庭的敗落，躍然紙上。僅僅半副對聯，就起了畫龍點睛的作用。此聯與室內佈置的異常協調的緊密關聯，也可稱天衣無縫。典型環境中的人物典型性格揭露無遺。魯迅先生真是無從企及也！

第二節　亭聯、橋聯、戲台聯

具有公共場所性質的地方甚多，此類聯語也多，不能遍舉。這裏只列舉三類。它們都具有獨立或半獨立性質，並極富中國特色。名勝園林中也常建有亭台樓閣，並以小橋流水點綴。本節中以此三種聯來代表具有獨立性質的或包含在大型公共場所的聯語，比較適合。但請注意，公共場所內的各類建築、各種場所甚多，我們僅僅舉出三種，不過是以偏概全罷了。

亭聯（附：塔聯）

亭和塔，是中國建築中最有個性特點的。中國建築困於四合院框架，大同小異。亭和塔，除了雙亭雙塔以外，雷同者不多，是中國建築中最為百花齊放的兩種類型。先說亭聯。

半山亭聯：

大觀在上；

｜—｜｜

小住為佳。

｜｜——

「小住」的「住」，意為「暫停，暫時休息」。

長沙嶽麓山望湘亭聯：

西南雲氣來衡嶽；

———｜——｜

日夜江聲下洞庭。

｜｜——｜｜—

上聯仰首往山脈來處看，同時仰觀天文氣象。下聯低頭往江水去處看，實為俯察水文地理。這種觀察實際上帶有想像性質，卻更增加了此聯的恢宏氣勢。

孤孤單單的一座亭子，很難着筆。如果因有某個典故而建亭，或因附近風景名勝而建亭，則可借以着力。但最好不黏不着，空中着力。也就是說，別過份坐實。

試看潯陽琵琶亭聯：

一彈流水一彈月；

｜——｜｜—｜

半入江風半入雲。

｜｜——｜｜—

邯鄲古蹟中有著名的呂洞賓祠堂，根據唐人傳奇中沈既濟《枕中記》，以及明代湯顯祖據之發揮而成的《邯鄲記》，落實「呂翁」就是後來的呂仙，亦即呂洞賓。這本是小說戲曲家言，怎樣落實均無不可。可是撰聯得不黏不着，空中着力最難。祠堂內有夢亭，坐實有此實實在在的一所亭子，然則虛幻無實之夢又待如何？請看下面的聯語是怎樣解決問題的：

睡至二三更時，凡功名都成幻境；

｜｜｜———　—————｜｜

想到一百年後，無少長俱是古人。

｜｜｜｜—｜　—｜｜—｜｜—

此聯平仄大大失調，是其大病。

塔，多為宗教建築，也有風水塔、燈塔。

今舉下走為蘇州寒山寺普明寶塔試作聯語，以為談助。此塔四面五層，仿唐塔新建，以此作了四副聯：

崇斯六度，佛影留龕，千靈擁護；
——|| ||—— ——||
施彼七珍，神功造塔，萬福莊嚴。
—||— ——|| ||——
月落烏啼，鯨鐘發菩提願；
||—— ——|——|
水浮地湧，寶塔證般若緣。
|—|| |||—|—
四面絢爛凌空，仰看無邊花雨；
||||—— ||———|
五層巍峨出地，傾聽夜半鐘聲。
|———|| ——||——
勝蹟依然，江楓漁火；
||—— ———|

宗風不墜，塔影鐘聲。
——｜｜｜｜——

二零零二年十二月十六日作。為宗教建築作聯，既要切合當地歷史、寺廟沿革，更須嚴肅認真，不可觸犯禁忌。下走所作，應景而已。

橋聯

中國的橋樑建築也極富民族特色，而且往往成為當地一景。橋邊又常為友人、情人聚會與送別之地，流傳典故甚多。因而橋聯為人所重。下舉數例：

陝西臨潼著名的灞橋聯：

詩思向誰尋？風雪一天驢背上；
—｜｜——｜｜——｜

客魂銷欲盡！雲山萬里馬蹄前。
｜——｜｜——｜｜——

上聯用鄭綮「詩思在灞橋風雪中驢子上」的典故，見於《唐詩紀事》卷六十五；下聯用唐代首都長安人士大都在此橋送別的故事。

清代梁章鉅編著的《楹聯叢話》卷六有云：

> 金陵淮清橋橋門，有集劉夢得、韋端己句云：「淮水東邊舊時月；
> —｜——｜—｜
> 金陵渡口去來潮。」橋門之聯，當以此為最工。
> ——｜｜｜——

按：此聯全用本地風光，集句相當渾成，故梁氏嘆為最工。

又，梁章鉅《楹聯續話》卷二有云：

> ……杭州城外之半山，桃花最盛。花時遊船麇集。秋後紅葉亦極可觀。旁有小橋，橋門一聯云：「欲泛仙槎向何處；偶傳紅葉到人間。」
> ｜｜——｜—｜　｜——｜｜——

皆橋門聯之極超脱者。

北京北海前門外金鰲玉橋，原為宮苑名橋。清代趙翼應制撰寫橋聯，云：

玉宇瓊樓天上下；
方壺員嶠水中央。
——————

據《楹聯叢話》卷六記載，上聯中「上下」原擬為「尺五」，經汪由敦改為「上下」。趙翼在《檐曝雜記》卷二中自己評論説：「乃益覺生動也。」

戲台聯

中國老式戲台，即到清末尚且在全國戲台建築中佔絕大多數的戲台，都是四面體的房子形狀，其中三面開放，面對三方觀眾（據說山西一些地區廟會戲台因風大，三面壘牆，僅朝南的一面大開）。它的正前方定有兩根大柱子，有的柱子長度可達兩三層樓高，有的則只有一層房高。就說在明清兩代吧，額定這兩根柱子上必定懸掛一副抱柱長聯。

這種中國舊式戲台，按其建築環境，還可分為室內、室外兩種類型，但其建築格式基本相同，全是三面開放的四面體房子形。室內的有戲園子（大型）和貴族宮室園林建築內（小型）兩大類。室外的，有設在大型四合院內的，這種類型的有多層的超大型台；還有面對廣場或廣闊水面的，所謂野台子是也。無論哪種台，一般全有楹柱聯。

辛亥革命前後，對外開放的通商口岸引進西方近代戲院類型建築。這種建築的戲台是一面朝向觀眾的，也沒有那明顯的兩根台前圓柱。於是，戲台聯逐步消失。然而在此之前的清代中晚期，乾隆以下，特別是同治光緒年間，太平天國失敗後，清朝中央以至地方政府粉飾太平，提倡戲曲，戲台聯也就成為此種粉飾的一種小裝飾，頗為盛行。聯書中記載這一時期的戲台聯語頗多，佳聯不少。

總結明清兩代特別是清代戲台聯的寫作特點，可以說，此種聯大體上屬於室內外裝飾聯的範疇。在寫法上，遵循以下原則：

一、要突出戲劇行當特點。

二、要突出本地區甚至就是這個戲台所在地的特點，最好做到不可移易，也就是說，換個地方懸掛就顯出不對勁，特色對不上啦。

三、針對戲劇觀眾多且各種層次、年齡的人都有的特點，撰寫聯語時必須具有群眾觀點。要做到雅俗共賞，老少咸能通曉。

以上三點，都是從內容方面着眼，形式方面呢：

四、必須量體裁衣，相度好抱柱聯的長短寬窄尺寸，再決定字數和書寫格式。這一點非常重要。因為許多大戲台常為層樓，所掛台聯通貫下來，狹長，字數不宜過少。有的抱柱相當寬，又長，聯語常須書寫兩行才合適，那就要寫成「門字聯」，忌諱「刀字聯」。而室內小戲台則多半屬於小巧玲瓏類型，字數不宜過多。

戲台抱柱聯，除了野台子臨時隨便張貼紙聯將就了之外，大多數為木質，做工講究，常為金字，黑色底或其他色底（常用紅色或藍色等），顯示出金碧輝煌的風采。此種聯常存在多年，可能與建築共始終。所以寫來務須慎重，要使之不愧為傳世之作。

以下所舉各例，從不同方面驗證了上述觀點。

建築在各種寺廟、祠堂院落中或大門外廣場上的室外戲台頗多，梁章鉅《楹聯三話》卷上有「武廟戲台聯」（關羽被後代帝王封為「武聖人」，他的祠廟簡稱武廟）一則，有云：

浙中吳山頂廟為道光壬寅（按：道光二十二年，當公元一八四二年）重修，見有集唐句題戲台一聯云：

聖代止戈資廟略；

｜｜｜——｜｜

群仙同日詠霓裳。

———｜｜——

武廟隨處皆有，亦隨處皆有戲台，而楹柱之聯未有壯麗工切如此者。惜忘卻何人所撰。出語系李群玉句，對語系李義山句也。

按：此廟之重修，正當一八四零—一八四二年鴉片戰爭中，英國軍艦侵襲浙江沿海之後，所以梁氏對上聯極有「工切」之感。

《楹聯續話》卷四，載有：

京師和春部戲館門外有集句聯云：

和聲鳴盛世；

———||

春色滿皇州。

—||——

天然壯麗。云是張船山（問陶）太守所撰。

按：此聯冠頂嵌「和春」二字。這是大門門聯，字數不宜多。

揚州州治衙門內戲台聯，王文治作：

數點梅花橫玉笛；

||———||

二分明月落金尊。
——————

按：這是小戲台聯，字數亦不宜多。此種戲台主要供官僚送往迎來和部屬、家族等娛樂用，還需點出歷史上與當時的揚州的一片繁華景象，衙門裏的富貴氣象。與此聯異曲同工的有鄭板橋為揚州兩淮鹽運使衙門戲台題聯：

新聲譜出揚州慢；
——————
明月聽來水調歌。
——————

按：「揚州慢」是南宋大詞人姜夔特地為揚州譜寫的詞調，而「水調」則是隋煬帝開運河時創製的曲調。此聯比上一聯遜色，原因是禁不起推敲：姜氏的《揚州慢》是悼惜戰亂後的揚州的作品，充塞着悲涼情緒。隋煬帝是昏君，開運河的功過暫且不提，「水調」傳唱不久，他就亡國殺身了，這可是《後庭花》一類的歌曲呀！也許鄭板橋是譏刺那些官僚，亦未可知。

下面介紹幾副通用型的戲台聯，多為野台子所用。先看一副鄉村戲台聯：

父老閒來消白晝；

｜｜———｜｜

兒童歸去話黃昏。

———｜｜——

又，通用的通俗戲台聯，集戲曲中成句，俗不傷雅，俗中有雅：

把往事今朝重提起；

｜｜｜———｜

破工夫明日早些來。

｜———｜｜——

按：這兩聯都可供臨時張貼用。第二個聯語主要為連續演出連台本戲而作，實為拉主顧的巧妙變相廣告也。

二十世紀三十年代一處小戲台聯：

舞台小天地；
｜—｜—｜
天地大舞台。
—｜｜｜—

當代北京市湖廣會館內舞台聯：

魏闕共朝宗，氣象萬千，宛在洞庭雲夢；
｜｜｜——　｜｜｜—　｜｜｜——｜
康衢偕舞蹈，宮商一片，依然白雪陽春。
———｜｜　——｜｜　——｜｜——

此戲台完全按中國舊式建築規格恢復，故用此舊聯。「魏闕」和「康衢」點明會館在京師大道旁。「洞庭雲夢」點明湖廣地區乃古來帝王張樂之處，典出《莊子．天運》等書所載。「白雪陽春」用的是著名的宋玉《對楚王問》一文內故事，由於毛主席使用過此典，盡人皆知。

附：對聯抄寫方式

因為談戲台對聯的寫法，牽涉到帶有一般性的對聯抄寫方式問題，就附在這裏談一談。

對聯抄寫方式，一行的，直接寫下來就是了。兩行以上的（包括兩行），通常用以下三種方式之一種：

一種通稱「門字聯」，即上聯由右往左寫，下聯由左往右寫，兩者相對，如「門」字。上下款中之上款，可寫在上聯右側，另起一行，或由右往左數最後一行的下側，主要看最後一行留下的位置夠不夠。下款則寫在下聯左側另起一行，或由左往右數最後一行之下側。此種寫法最為通行。

另一種通稱「刀幣聯」或「刀字聯」「一順聯」。即上下聯都是由右往左寫，如順排的刀幣或刀字。上下款寫在上下聯兩側，或上下聯最後一行之下半部份均可。此法越來越不通行，因為雙「刀」不吉，特別在寫壽聯、喜聯時嚴禁使用。

第三種少見，稱為「比目聯」，即上下聯每行字都寫到底，形成兩個「目」字形。此法須算好字數行數。上下款各自另起，無法寫在尾行。此法常用在吉慶喜事中，如作喜聯、壽聯（雙壽）。禁用於喪偶、未婚者。

第三節　名勝園林聯

名勝園林為大型景觀，相對於上一節的亭、橋、戲台等具體建築而言，面積大，內涵多，屬於公共場所中帶有綜合、組合性質的。這些名勝園林又常經文人學士詩文歌詠，有許多歷史典故可說。聯家自然以這等地方為自己馳騁文才之處。楹聯中，此類聯佔相當大的一部份，名聯迭出。以下僅舉膾炙人口的一些聯語為例，掛一漏萬：

先舉最為大眾景仰的成都杜甫草堂，佳聯極多。先看一聯：

異代不同時，問如此江山，龍蜷虎臥幾詩客？

||——|—|————|||—|

先生亦流寓，有長留天地，月白風清一草堂。

——|—||———|||——||—

此聯上聯用反問句，增強了懷古弔古的跌宕氣勢，下聯落實到詩人雖去而草堂長存。下面我們所引的朱德委員長為草堂所寫的那一聯亦同此一概：

草堂留後世；

|——||

詩聖著千秋。

—||——

朱德委員長這一聯，言簡意賅地把杜甫與草堂聯繫在一起了。再看郭沫若先生為草堂所寫一聯：

世上瘡痍，民間疾苦；
——————
詩中聖哲，筆底波瀾。
——————

上下聯分別句中自對，上聯稱揚杜甫詩的主要內涵，即「人民性」；下聯盛讚杜甫詩的藝術成就，即「藝術性」。與二十世紀五六十年代學習蘇聯「文藝學」的兩大文藝批評範疇完全吻合，又以藝術性很強的對聯手法出之，郭老不愧為大手筆。

集杜甫詩句為草堂聯：

萬里橋西宅；
——————
百花潭北莊。
——————

此聯不啻一個詩化的指路燈。

岳陽樓的舊聯，拙見以下一聯為最佳：

四面湖山歸眼底；

｜｜———｜｜

萬家憂樂到心頭。

｜——｜｜——

此聯堪稱是《岳陽樓記》的高度概括。聯作者比范仲淹還有幸：他到過岳陽樓，並非虛擬。

黃鶴樓舊聯甚多，一般均靈活運用有關此樓典故，以及古人歌詠黃鶴樓的詩文，湊泊而成。今舉二例：

一樓萃三楚精神，雲鶴俱空橫笛在；

｜—｜—｜—— —｜———｜｜

二水匯百川支派，古今無盡大江流。

｜｜｜｜——｜　｜——｜｜——

按：古代楚國之地分為東、西、南三楚。「雲鶴」句融會唐代崔顥「黃鶴一去不復返，白雲千載空悠悠」，李白「黃鶴樓頭吹玉笛，江城五月落梅花」，卻落實到黃鶴已去——這是正面用古人詩意，很平常，黃鶴已去是無疑的事；可是，連那千載白雲都不復存在了——這是反用古人詩意，一個「俱」字下得奇！當然，說句玩笑話：撰寫聯語那天可能是晴天，故使作者發此奇想。那麼，還剩下甚麼呢？吹笛者尚在。這就更奇特了，實際上，這是一代接續一代的憑弔者在。這個奇想就更不一般了。同時還隱含着撰寫聯語的時間——也在落梅時節。下聯寫江漢二水百流所匯，終古東流，感懷江山人事之意亦在言外。難得的是，雖然並沒有包含如上聯那樣的奇思妙想，但氣勢尚能與上聯相稱，壓得住陣腳，就算不容易了。

再看另一副：

何時黃鶴重來，且自把金尊，看洲渚千年芳草；

———｜—— ｜｜｜—— ——｜———｜

今日白雲尚在，問誰吹玉笛，落江城五月梅花？

—｜｜—｜｜ ｜——｜｜ ｜——｜｜——

讀者可持此聯與上舉一聯做比較：這一聯是規規矩矩地貫串古人詩文典故，上下聯中各抒發一些感慨。下聯且以發問為結束，言外之意是沒有人能像李白所寫的古人那樣風流蘊藉啦。若以書法作比，則上舉一聯是張旭草聖，此聯乃歐陽公行楷也。

滕王閣的舊聯亦甚多，大半也是靈活運用王勃名作，再加上相關典故，湊泊而成。在此基礎上，「略工感慨是名家」矣：

滕王何在，剩高閣千秋，劇憐夷夏台隍，都化作空潭雲影；

———｜ ｜—｜—— ｜——｜—— —｜｜———｜

閣某能傳，仗書生一序，寄語東南賓主，莫輕覷過路才人。

—｜—— ｜——｜｜ ｜｜———｜ ｜—｜｜｜——

拙見以為，此聯乃是滕王閣舊聯中翹楚。聯作者文史之學俱優。靈活運用此閣相關典故，包括王勃作序典故，以及王勃名作中成句，已經達到出神入化地步。「閻某」的「某」字，頗有考據家存疑不定案之風。有人說這位閻某是閻伯嶼，並無根據，時代也對不上。他還是仗着王勃大作，才能僥倖留姓未留名的呢。上聯乃憑欄懷古常語，不過氣勢沉潛，足以與下聯並列。精彩處全仗下聯振起，為知識分子揚眉吐氣。料想作者定是懷才不遇的「過路才人」！

下面一聯，就是一位十分謙虛的作者撰寫的了：

我輩復登臨，目極湖山千里而外；

｜｜｜—— ｜｜———｜—｜

奇文共欣賞，人在水天一色之中。

——｜—｜ —｜｜—｜｜——

上聯前五字引用孟浩然詩句；下聯用陶淵明詩句作對，也是江西省本地風光。以集句起。「湖山千里」取自韓愈《重修滕王閣記》；「水天一色」由王勃《滕王閣序》

名句「秋水共長天一色」化出。作者的文學水平頗高，態度也很謙遜，於不顯山不露水中顯露出才華。

最後，再舉幾個樓。這些樓雖不如岳陽樓、黃鶴樓馳名海內外，但是聯語卻有撰寫得極好的。

江西省九江市庾樓聯：

半壁江山，六朝雄鎮；
——一樓風月，幾輩傳人。

上聯寫九江在歷史上的政治和地理上的重要地位，下聯寫庾樓對本地文化的影響。上下聯屬對匹配得已經很諧調了，兼用句中自對法，更覺工整。

邵武城中詩話樓，為紀念南宋著名詩論大名家嚴羽而建。有極好的一聯：

隱釣風分七里瀨；
——————
品詩意到六朝人。
——————

上聯用東漢初年「嚴光釣隱富春江」故事，點出嚴羽同為嚴姓高隱。這是切姓氏和人格。下聯推崇嚴羽所著《滄浪詩話》可與我國第一部詩話著作——六朝鍾嶸的《詩品》比肩。這是切著作與學術貢獻。全聯淡雅恬和，能與嚴羽為人相稱，所以為高。

安徽省馬鞍山市太白樓，建在著名的采石磯上，旁邊就是相傳李白捉月投江的「捉月台」。據清代梁章鉅編著的《楹聯叢話》等書記錄，此樓中佳聯頗多。

王有才撰寫的聯語：

我輩此中堪飲酒；
——————
先生在上莫題詩。
——————

聯繫李白和此樓以及後來人，十四個字把三方面都照顧到了，又很謙虛。所以梁氏認為最佳作品。

齊梅麓有集句一聯：

紫微九重，碧山萬里；

——————

流水今日，明月前身。

——————

上聯用的是李白文集中原句，下聯用司空圖《二十四詩品》中的句子。上聯委婉地表達出李白遷謫中雖不得志尚且心胸曠達，下聯則雙關李白捉月傳說。寫失意，寫逝去，寫得極美，毫無衰颯之氣，偏有飄飄欲仙之概。如果不借用集句，恐怕就難以辦到了。

吳山尊有著名的一聯：

謝宣城何許人？只江上五言詩，令先生低首；

｜———｜—　｜—｜｜——　｜———｜

韓荊州差解事，放階前盈尺地，讓國士揚眉。

————｜｜　｜———｜｜　｜｜｜——

此聯中活用了李白「令人長憶謝玄暉」等詩句中所表達的景仰之情，以及李白《上韓荊州書》的典故。上聯表面謙虛，實則隱含鬱勃之氣。下聯借李白的酒杯，澆不得意的知識分子之塊壘。要知道知識分子的一生中總會有坎坷之時，也都有自負之處，所以不管現在得志與否，大家看了此聯，都會湧出異樣的心潮。

再舉兩聯：

詩酒神仙，天自夢中傳采筆；

—｜——　—｜｜——｜｜

樓台花月，人從江上拜宮袍。

———｜　———｜｜——

此聯的優點是：把有關李白生平以及和此樓的聯繫、後來人的景仰，全都寫進去了。作者為李漳。

公昔登臨，想詩境滿懷，酒杯在手；

—｜——　｜—｜｜—　｜—｜｜

我來依舊，見青山對面，明月當頭。

｜——｜　｜——｜｜　—｜——

這一聯的寫作特點，一是上下聯後兩個分句各用一個領字領起；二是句中自對，互相間還形成工對；三是內涵情景交融，古今化合錯綜為一體：我所想所見，即當年李白所見所想。所以為高。作者為胡書農。

江蘇省鎮江市焦山松寥閣，陳鵬年聯：

月色如畫；

｜｜—｜

江流有聲。
——

上聯繪色，下聯繪聲。僅僅八個字，氣象宏闊。後來金山明月亭亦襲用此聯，但將「色」字改為「明」字，雖然平仄較前略有不調，可是「明」字帶來視覺上的光明，藝術感覺加強。這種認識是從學於我的老師林靜希（庚）先生時，聽講唐詩「春草明年綠」中的「明」字，說是大大優於另一種版本的「春草年年綠」，才悟出的。不過，現在的鎮江金山，較之清代撰聯時，已經離江岸遠多啦。筆者在金山寺住過幾天，聽不到江聲。焦山倒是在大江中。

江蘇省南通市狼山是該地名勝，有一聯云：

長嘯一聲，山鳴谷應；
————
揚眉四顧，海闊天空。
————

本聯妙在雙關：寫人乎？寫狼乎？氣象也有「登泰山而小魯」之概。

清季丁柔克《柳弧》卷四「一聯千金」條：

純廟（按：乾隆帝）將至金山（按：鎮江金山寺），江蘇官紳無不爭先恐後掛對、上匾，欲一經御覽則不勝榮幸。一名士見一觀察曰：「君如能送我千金，我做一聯，若不蒙御覽，千金情願奉璧。如蒙御覽，君勿失信。」觀察喜諾之，果蒙上賞，並首肯者再。其聯曰：「東去江流無晝夜；南來山色有春秋。」十四字也。名士得金後，有人問之：「何以知其必蒙賞鑒？」名士曰：「君等不留心耳。夫聖上萬幾，況警蹕尊嚴，雖遊觀之樂，必取其簡易明顯者觀之。若做長聯，再咬文嚼字，哪有工夫細細看之講之，如看書然？吾以七字，再大書之，白底黑字，一覽無餘，對文再佳，未有不蒙首肯者也。」

—|——|| ———||——

皇帝遊覽是匆匆一過，當代大部份遊客又何嘗不如此！這個經驗很可供後代聯家撰聯時參考。辯證地想，對聯研究者與愛好者就不應像乾隆皇帝，前呼後擁，一哄而過。遇有佳聯林立之處，即或只一聯足以矚目之地，千萬要佇立細細觀賞。既欣賞內容，也品評書法和載體，等等。長此以往，經驗豐富了，自然成長為楹聯學家。

第四節　祠堂與紀念堂聯

中國古代的祠堂特別多，當代的紀念堂也有不斷增多之勢。它們的共同特點是帶有紀念性質。它們往往成為當地的一種名勝，供後人弔古追懷之憑藉。它們也是具體的鄉土歷史教材。按習俗常規，祠堂與紀念堂中楹聯必不可少，它們也成為傳統聯語的一大宗。

祠堂聯

撰寫祠堂聯，最好做到不可移易，即只可用在懸掛之地，不能他移，這才算點題到家。

河南湯陰岳飛廟聯云：

千秋冤獄莫須有；
——｜｜——｜

百戰忠魂歸去來！
｜｜——｜｜—

下聯落實到原籍，與上聯亦銖兩相稱。

岳飛祠堂中，最主要的一座自然是杭州西湖岳廟，廟為祭祀岳墳而建。原來廟中佳聯林立，其中有一副年代較近的現代文學家劉大白（一八八零—一九三二）撰寫的聯語：

子孝臣忠，決戰早成三字獄；
｜｜——｜｜｜——｜｜

君猜相忌，偏安還賴十年功。
——｜｜　——｜｜——

對仗工整，平仄調諧，矛頭直指民族千古罪人的昏君奸相。在日寇侵佔我國東北並在上海挑起「一．二八」戰事之際，此聯的借古諷今之意是非常明顯的。

「文化大革命」中，岳廟和岳墳也遭到破壞，是非顛倒，倒行逆施竟至於此！回想起來，令人慨嘆。「撥亂反正」後重修，筆者所見，新撰寫的聯語中，當以中國佛教界領袖趙樸初老先生一聯稱最：

觀瞻氣象耀民魂，喜今朝祠宇重開，老柏千尋抬望眼；
——｜｜——｜，｜——｜｜——，｜｜——｜｜｜
收拾山河酬壯志，看此日神州奮起，新程萬里駕長車。
——｜——｜｜，｜｜｜——｜｜，——｜｜｜——

也是對仗工整，平仄調諧。「老柏千尋」用杜甫詩《古柏行》全詩，讀其中「柯如青銅根如石」「黛色參天二千尺」（形容英雄植根於人民心中），「冥冥孤高多烈風」「苦心豈免容螻蟻」（形容英雄人物支撐危局遭到小人圍攻），「大廈如傾要樑棟」（呼喚英雄人物挽救時局）等詩句，再結合下聯的樂觀氣氛，便能感受到改革開放後的全新氣息。此聯與上引劉大白一聯，時代氣息都十分濃郁。這是古為今用的一種寫作方法，筆者拙見，認為應該提倡。再和岳廟中原來的一副名聯對讀，更能引起那個時期人們的強烈共鳴：

正邪自古同冰炭；
——｜｜——｜
毀譽於今判偽真。
｜｜——｜｜—

這一副聯是口誅筆伐的典型作品。

江蘇宜興是「除三害」的周處的老家，有祠堂。縣令齊梅麓撰聯：

朝有奸黨，豈能成將帥之功，若教仗鉞專徵，蛟虎猶非對手敵；

—｜—｜　｜——｜｜——　｜—｜｜——　—｜——｜｜｜

世無聖人，不當在弟子之列，誰信讀書折節，機雲曾作抗顏師！

｜—｜—　｜—｜｜｜—｜　—｜｜—｜｜　———｜｜——

張伯駒評議說：「詞意激昂，足當一首傳論。」上下聯重複「之」字，我們在前面已經說過，源自駢文，可以容許，但最好在有分句的較長聯語中出現，借以沖淡用語中的小疵。此聯慷慨激昂，更足以借之沖淡。

梟磯（諧音「梟姬」，蓋以劉備有「梟雄」之號）為孫夫人投江處，本難以指實，可是中國人愛建立祠堂祭祀，亦無不可。相傳為徐文長撰寫的聯語十分出色：

思親淚落吳江冷；

——｜｜——｜

望帝魂歸蜀道難。

｜｜——｜｜—

聯中活用原為專名詞的「吳江」（在此可理解為吳國地界的江）、「望帝」（在此可理解為遙望已即帝位的劉備），還有「思親」。既可理解為因原來懷念母親而歸吳的悔恨，也可把「親」字曲解為夫婦的親切感情。「吳江冷」「蜀道難」又同為曲調名稱，化用成辭入妙。

江蘇高郵露筋女郎祠堂聯：

荷花開自落；
——｜——｜
秋水淨無泥。
——｜｜——

為露筋女郎立祠堂祭祀，源於一個民間故事：一位少女和她的嫂子趕路回家，中途天晚遇大雨，本來是可以到路邊的一座廟裏去休息避雨的，可是廟裏住着一夥壞蛋。那位嫂子進去了，料想是受辱了。少女躲在廟外樹叢中，雨夜蚊子多，把她咬死了，咬得都露出筋骨。此後就將這個廟改為祭祀她的祠堂。此聯純用比喻，意在言外。少女高貴的品格和哀悼青年夭逝的淡淡的哀思，都凸現在聯中。

洞庭湖柳毅祠堂，本於小說。左宗棠應科舉考試，過此題聯：

迢遙雲路三千，我原過客；

———｜——　｜—｜｜

管領重湖八百，君亦書生！

｜｜——｜｜　—｜——

自負之情躍然！

周瑜，再帶上小喬，自是千古風流人物。他們倆的祠堂中，聯語上好的不少，茲舉筆者認為出類拔萃者一聯，以概其餘：

姻婭君臣專閫外；

—｜———｜｜

夫妻人物冠江東。

———｜｜——

有的聯語，以別有見地的議論見稱。如淮陰漂母祠堂聯：

姓氏隱同黃石遠；
｜｜｜——｜｜

英雄識在鄭侯先。
——｜｜｜——

同在淮陰的韓信祠堂，有一聯云：

氣蓋世，力拔山，因君束手；
｜｜｜　｜｜—　——｜｜

歌大風，思猛士，為子傷神。
—｜—　—｜｜　｜｜——

這副聯上下聯的前兩個分句是句中自對。

還可對照着看看張良祠堂的一副名聯：

從龍逐鹿兩茫然，妙用無方，何害英雄同兒女；
——｜｜｜——　｜｜——　—｜————｜

黃石赤松皆戲耳，善全有術，不遭烹醯即神仙。
—｜｜——｜｜　｜—｜｜　｜——｜｜——

「從龍逐鹿」「黃石赤松」是佔半句的句中自對。此種對法，容易使人忽略它們相對時的不工。因為，動賓或動補結構與偏正結構都是一主一從，與並列結構大不相同。要是用並列結構的詞語與主從類型的作對，就很容易看出來啦。有的聯語集古人詩句詞語等，甚至就用所祭祀的那位名人自己寫的，那就更好了。如杭州西湖蘇東坡祠堂聯，集蘇氏詩句：

泥上偶然留指爪；
—｜｜——｜｜

故鄉無此好湖山。

——蘇軾

上聯取自《和子由澠池懷舊》，「雪泥鴻爪」是蘇軾創作的著名比喻。下聯取自《六月二十七日望湖樓醉書》，乃西湖本地風光。

眉山是「三蘇」的故鄉，據清代梁章鉅編著的《楹聯叢話》卷四中記載，那裏：

楹聯林立，殊少佳構。……劉錫嘏集句一聯云：

江山故宅空文藻；（杜甫《詠懷古蹟五首》其二）

——杜甫

父子高名重古今。

——蘇軾

梁氏對此聯的評論是「亦佳」。這也是集句成功之一例。

紀念堂聯

古代的祠堂與當代的紀念堂，從楹聯撰寫的角度方面看，寫法基本相同。特別是給古人建立的紀念堂，撰寫楹聯時，除了帶有當代人的新意之外，寫法上也跳不出古人窠臼。試舉數聯為例：

郭沫若寫作山東濟南李清照紀念堂聯：

大明湖畔，趵突泉邊，故居在垂楊深處；
｜—｜ ｜｜—— ｜——｜——｜
漱玉集中，金石錄裏，文采有後主遺風。
｜｜—— —｜｜｜ —｜｜｜｜——

前兩個小分句句中自對，上聯中地名對地名，下聯則書名對書名，在允許寬對的範圍內，因而均不工。兩個結句亦非工對。此聯以內容取勝：上聯點明紀念堂所在，前十個字十分確切落實，絕不能遷居的了。下聯點出李清照在文學和考古兩方面均有突出貢獻，把《金石錄》的著作權明確地給了李清照一半，具有卓識。同時還點出李氏文風於哀婉中帶有豪邁風格。把李後主的風格和李清照進行比較，認為有前後遞嬗關聯，也是郭沫若的新見解。

郭沫若題蒲松齡故居聯：

寫鬼寫妖，高人一等；

——————

刺貪刺虐，入骨三分。

——————

此聯概括性極強，將蒲氏創作的主要內容、所針砭的時弊寫出。

老舍所作內涵實質上與之相同：

鬼狐有性格；

|—|||

笑罵成文章。

||———

更有援引原著書名，靈活運用於聯中的：

一代文章輝子夜；

||———||

滿腔心血化春蠶。

|——||——

「輝」字為使動用法。按茅盾原意，「子夜」當指舊社會黑暗到達極點，將要向孕育的新社會過渡之時。上聯喻指茅盾的《子夜》恰似黑暗中的一盞明燈。下聯

也是活用茅盾《春蠶》入聯。這是吾師吳小如先生為茅盾紀念館撰寫的聯語。此種援引方式，必須做到大方而不顯佻巧，嚴肅而又文采斐然。吳先生此聯完全做到了。

第五節　門聯與行業聯

中國式的大門全是兩扇，正可作為載體供油漆書寫之用。有的帝王之居、官府衙門、祠堂等處大門特大，又有門釘。此類大門前必有門柱，可供懸掛拱形抱柱式門聯。至於老百姓家居的大門，往往把對聯就書寫在兩扇門上，那是名副其實的門聯了。中國的大小工商業店舖行業等，也常在大門口書寫懸掛行業性質很強的聯語。所以，可以把門聯和行業聯算作一類。作這種聯，應該帶出行業、機關性質、姓氏等需要表達的本身特點。常用的手法有：

一、嵌字法：多用於工商業部門，主要手法是把店堂字號嵌入上下聯。下舉數聯為例：

中原新氣象；

———｜｜

華國大文章。

—｜｜——

辛亥革命成功，民國元年一月一日中華書局開張，大門即張掛此聯。冠頂嵌「中華」二字。此聯飽含時代氣息。

咸亨酒店門聯：

咸來飲酒；

——｜｜

亨運占爻。

—｜——

也是將「咸亨」二字嵌在開頭。

將行業牌號嵌在聯首，使人能首先看到，所謂先睹為快。而且，如果牌號是兩個平聲或兩個仄聲的話，放在起首，便於全聯在餘下的字句內安排平仄。這在兩個字牌號的字號上是最常用的。至於三個字的字號聯，就比較麻煩些。

谷向陽、何慧琴編著的《中國店堂對聯集成》（北方婦女兒童出版社，一九八六）一書的後半部份，全是「店堂牌號嵌字聯」，可供創作此類聯語時參考。

二、用比喻，使典故，採取雙關或其他各種修辭手法，將某種行業的相關特點關合在內。例如，過去的理髮業，就有一些在這方面創作得很好的佳聯，有的至今膾炙人口：

雖然毫末技藝；
——｜｜｜
卻係頂上功夫。
｜｜｜——
就我生春色；
｜｜——｜

逢人作好容。
——｜｜—
到來盡是彈冠客；
｜—｜｜——｜
此去應無搔首人。
｜｜———｜—
不教白髮催人老；
｜—｜｜——｜
更喜春風滿面生。
｜｜——｜｜—

下面再舉撰寫得好的幾副行業舊聯：
紡織廠聯（用於綢布店亦可）：

經綸天下；
———｜

衣被蒼生。

—|——

製筆業聯：

囊中脱穎；

——||

夢裏生花。

||——

眼鏡店聯：

胸中存灼見；

———||

眼底辨秋毫。

|||——

好句不妨燈下草；
｜｜｜——｜｜
高齡可辨霧中花。
——｜｜｜——

還可舉一副當代「狀元紅名酒」徵聯中的獲獎聯：

千載龍潭蒸琥珀；
—｜———｜｜
十年蚌石變珍珠。
｜—｜｜｜——

有關這次徵聯的情況，以及這副優勝聯語的賞析，在常江的《對聯知識手冊》中有詳盡介紹。我這裏就不贅述了。

三、從上舉聯語中可以看出，門聯和行業聯不宜太長或過短，一般起碼是四個字，多則到七八個字就可截止。要使看的人一目瞭然。雖短，要有氣魄，有韻味。此種聯往往能張掛多年，既是店鋪的一種特殊招牌，也是撰寫者給自己留下的記錄。下筆時切宜着意也。

下面，再列舉一些有定評的優秀行業聯：

酒店飯館聯：

清代錢泳《履園叢話》卷二十一「者者居」條：

……如酒店匾額曰「二兩居」，楹帖曰：

劉伶問道誰家好；

——｜｜——｜

李白答言此地高。

｜｜｜—｜｜—

在處皆有。河南永城、睢州一帶，又有酒店一聯云：

入座三杯醉者也；

｜｜——｜｜｜

出門一拱歪之乎。

｜—｜｜———

已足供噴飯矣。……又山東濟南府有酒店曰「者者居」，余不解。……有一土人在座，答曰：「此出之《論語》。」余問曰：「《論語》何章？」曰：「『近者悅，遠者來』也。」一時為之絕倒。

｜｜｜｜｜—

梁章鉅《楹聯叢話》卷十一記載：

聞有集前人句題酒家樓者，云：

勸君更盡一杯酒；（王維《渭城曲》）

｜—｜｜｜—｜

與爾同銷萬古愁。（李白《將進酒》）

｜｜——｜｜—

可謂工絕。

茶館聯：

《楹聯叢話》卷十二又載杭州藕香居茶室集蘇東坡詩句聯：

欲把西湖比西子；（《飲湖上初晴後雨》）

｜｜——｜—｜

從來佳茗似佳人。（《次韻曹輔寄壑源試焙新芽》）

———｜｜——

切西湖本地風光，切品茶。與上引酒樓聯均為難得的不可移易的集句。

樂器店：

曲中傳妙理；

｜——｜｜

弦外得幽情。

—｜｜——

高山流水；

———｜

白雪陽春。

｜｜——

糖果店：

含飴宜稚子；

———｜｜

擲果有佳人。

｜｜｜——

石匠作坊：

匠心施砥礪；

｜——｜｜

頑石作琳琅。
——｜｜——

鞋店：

登堂入室；
——｜｜

步月凌雲。
｜｜——

這些都是字少而質量高的聯語。注意：字少，平仄必須調諧。

四、撰寫行業聯，為的是作和氣生財的輔助。一定要做到一團和氣，抬高本行業的身份。就是偶然帶出一點戲謔，也得適可而止。不然，後果難言矣！《楹聯續話》卷四載有一則：

相傳有一剃髮店乞聯於狂士者，大書云：

磨礪以須，問天下頭顱有幾？

—｜｜—　｜—｜——｜｜

及鋒而試，看老夫手段如何！

｜——｜　｜｜—｜｜——

數日間，客皆裹足不前，其店頓閉。

這副聯，後來許多聯話類書籍都引用，說寫得好，有人還說是石達開寫的。實際上，從根本上說，揣測此聯的寫作動機，戲謔的成份居多；造成的客觀效果則十分迅速與惡劣。所以，從寫作行業聯的正軌看，決不能提倡人們學習。

以上所舉，大多是行業聯。真正的門聯，即住戶門聯，現在已經極少見了。聽說南方鄉下還時興。據我自少年時所見，北京住戶門聯變化不大，常用的不外「忠厚傳家久；詩書繼世長」等，品種不多。老人家說，京師輦轂之地，不宜太特殊，以免賈禍。我想，有一定道理。

｜——｜　——｜｜—

第七章 宗教楹聯

當代中國內地有五大宗教：佛教、道教、伊斯蘭教（回教）、天主教、基督教。在利用楹聯來為傳教服務這一點上，各個宗教略有等差。佛教，特別是漢化佛教，在這方面可以說是做得最成功的，我們特列一節以述之，其他宗教則合述於另一節。讀者可能注意到，我們在前面用的術語都是「對聯」，此處改用「楹聯」。為甚麼？目的是讓大家理解：宗教楹聯的內涵都是很嚴肅的，佛教有時帶點調侃，道教對呂洞賓等仙人開點玩笑，也都在可以容許的範圍之內，這是一；宗教楹聯的文化內涵都很豐富、古雅，這是二。因而，我們使用「楹聯」這個術語以概括之。

第一節　佛教楹聯

佛教在發展過程中分為漢化佛教（大乘佛教、北傳佛教）、藏傳佛教（喇嘛教）、南傳佛教（小乘佛教）三大流傳派系。中國是三大派系齊備的國家。其中，漢化佛教利用楹聯最為積極。現在，就以漢化佛教寺院內的楹聯為代表，說一說佛教楹聯。

佛寺內外，尤其是佛殿內外，常有許多楹聯懸掛。其中抱柱長聯最多，佛龕聯也有一些，方丈、客堂等處往往也懸掛楹聯。楹聯在佛寺中可說是無處不在。從內容方面看，聯語的佛學內涵自不消說，關合本地風光、地區與寺院的歷史與典故的也有不少。它和匾額在一起，是首先映入隨喜者眼簾的寺院文字作品。此外，常見的還有書畫作品以及立在寺院內外的石碑等。比較起來，匾額字少而內容雷同者多，信息量不大。豐碑大碣，能在短暫的隨喜時間裏通讀者不多。詩文書畫軸、屏等一般只在方丈、茶堂等處懸掛，外人不容易見到。只有楹聯，在寺院中到處可見，傳遞的信息長短適中，並且兼具文學、書法、工藝美術等諸元內涵，又是殿堂內外裝飾藝術的不可或缺的一部份。至今，作為室內外裝飾性對聯，宮殿、公署、學校、工商業等處所已經不大發展和使用了，而寺院中卻是方興未艾。而且，因為楹聯常作為信士佈施之一種，隨着寺院翻修、金身重塑，楹聯也在時時更新，特別在改革開放後更是如此。

我們查對過三部中國內地新出版的大部頭對聯集——《中國對聯大辭典》（中國友誼出版公司，一九九一），顧平旦、常江和曾保泉（曾氏已於一九九六年七月二十八日逝世，顧氏亦於二零零四年逝世）主編；《中華名勝對聯大典》

（國際文化出版公司，一九九三），常江編；《中國對聯大典》（學苑出版社，一九九八），谷向陽主編——發現其中所錄大部份楹聯現已不在原來的寺院中懸掛；又有許多新對聯出現，而為三書所未收。可見更新之快。

適合楹聯存在的漢化佛教寺院大環境

眾所周知，楹聯的興盛期是從明代到新中國成立前，特別是在清代乾隆嘉慶的盛世到民國初年這一時期。其品種主要有春聯、喜聯、壽聯、輓聯、行業聯、室內外裝飾聯等。我們認識到，作為整體性的室內外裝飾藝術的一部份，楹聯的興盛，和下述兩種大環境分不開：

一種是中國式（特別是漢族的，漢化的）室內外裝修、佈置、美化等的大量需要。而新式的即多少帶有西方色彩的室內裝飾與家具設備等安排，則與懸掛楹聯多少相抵觸。最明顯的是貼在大門或門框上的春聯、門聯，得有中式雙內開的兩扇門，外加較寬的門框為載體才行。當然，中國傳統文化的應變能力是很強的，純中式帶落地罩的大客廳中，擺上幾隻沙發也不顯生愣，甚至懸掛裸體維納斯像油畫——前提是畫得好——也行，只要顯出雅致便可。話又說回來了，太俗氣的，就是中國人自己的出品，如某些俗稱「香煙畫」的大美人招貼畫和當代流行的品位低的年曆畫，那可是不登大雅之堂的了。不過，徹底西方化的地方，如凡爾賽宮，不用說找不着掛楹聯之處，即使勉強懸掛，效果也奇特得很呢。新中國成立後，大量興建的是火柴盒類型西式住宅，一律西式單開一扇門，門框窄得只容安電鈴，所以儘管這十幾年來年年大搞春聯評獎，更邀請知名書法家助興書寫，可最後往往是送聯下鄉給農民兄弟。現在農村大蓋半西式小樓，門扇常常改為單開，我看這條上山下鄉之路也快走到頭啦。

當代中國內地重新翻修四合院式院落等中式建築的，主要有佛寺道觀和名勝旅遊點內的亭台館閣。最具備條件而又必須懸掛楹聯的，就在這些地方了。

另一種大環境，實際可說是某種大環境中的「小環境」，指的是室內裝飾要留有懸掛楹聯的餘地。按當代一般城市居民的居住條件，這一點是很難做到的。現在中國內地老百姓居住的大環境，普遍反映為一個「擠」字。這個擠更反映在居室之中。愛好懸掛楹聯的人群主要是知識分子階層，而現在這些人的居住條件，由於改革開放後購入的書籍等資料多，即使進了三室一廳，也還是擠。許多人反映「沒有牆了」，就是說，除了門和窗戶以外，其餘的牆幾乎全被高及屋頂的書櫃、組合櫃等給擋上啦。往哪兒去掛楹聯呢！至於時興的用一面牆安大鏡子或是大玻璃風景畫來裝飾房間的人，往往文化水平有限，家裏沒幾本書，也就想不到楹聯那裏去了。寺院則不然，空牆有的是。即使為了附庸風雅，也得考慮在方丈、茶堂等處來上幾副楹聯。何況「一笑拈花轉悟禪」，能參禪的和尚不俗啊。

准此，在當代中國內地，適合懸掛楹聯之處，佛寺算是一大戶。

楹聯成為漢化佛教「莊嚴」的一部份

從明清楹聯盛行以來，佛寺似乎算是用聯最多最積極的了。各個殿堂內外，堪稱滿目琳琅。可以說，除了過去的春聯市場外，只有極個別的風景點，才能做到像佛寺這樣似聯林一般。道教廟宇雖然急起直追，似乎還沒有做到像佛教寺院內外那樣紅火，別的宗教的會堂、禮拜堂就更顯得不夠啦！為甚麼會這樣？拙見以為：

這與近代佛教的漢化程度極高很有關係。佛教是很注意針對社會上的普遍愛好來佈菜碟的。道教自恃土生土長，可能反倒忽略了這一點。可以說，在認識到楹聯能直接地、較通俗而生動地宣傳教義方面，佛教是有深刻理解又能大力推行的。

這與佛教極為重視殿堂佈置，並提高到理論上來加以闡明最有關聯。眾所周知，佛教的殿堂佈置特稱為「莊嚴」（梵文 vyūha 的音譯），指的是佈列嚴加修飾的各種寶物、花卉、幡幢、寶蓋、瓔珞等等，用以嚴淨裝飾佛土與道場。關於這方面的事，筆者在《講「莊嚴」》一文中有概略的介紹，該稿發表於《中國典籍與文化》雜誌一九九六年第四期，後來收到《漢化佛教法器服飾略說》一書中（一九九八年商務印書館出版）。請有興趣的讀者自行檢閱，這裏不再多說。要說的只是：大約在明代以來，隨着楹聯在中國社會上的大流行，佛教也順應時代潮流，在殿堂內外大量地使用起楹聯來。既然在殿堂內懸掛楹聯，就得把楹聯看成莊嚴的一部份了。慢慢地，楹聯就進入了殿堂內外莊嚴的行列。由於它加入較晚，而且沒有佛說的經典以為證明，所以它算不算是莊嚴的一種，就得論證一下了。

筆者認為，佛寺內外的楹聯，特別是殿堂內（也可包括殿堂外牆上的楹聯），肯定是莊嚴的一部份。從種類上講，它也自成一類。理由是：從佛教經典中所講的原則推論，凡裝飾、修飾佛土、道場的，能增加、烘托那裏的嚴淨氣氛的事物，均可以莊嚴物視之。從這方面看，製作精湛、內涵豐富、辭藻華美的楹聯，不但應視為莊嚴中的一類，更可視為漢化佛教創造的一種最能表現莊嚴內涵的莊嚴。

為甚麼筆者這樣說，下面從兩個方面來談。

一般來說，作為一種室內外裝飾，總是希望它傳遞給人們的信息越多越好。要是能更直接些，當然就更不錯啦。通過文字傳達的文化信息，一般總比繪畫等更為簡捷明瞭。此外，更能表達多樣性的因地制宜的內容。人們進入殿堂，看見幡、幢、蓋，以及鐘、鼓、木魚、磬，還有長明燈、供桌、三具足等莊嚴物，千篇一律，只說明這裏是一座佛教殿堂而已——當然，做到能完美地證明這一點，也是不可或缺的，對促使信徒膜拜起很大作用。進一步，如果能結合佛教學理、寺院建設、本地風光等，給隨喜者以更多的文化信息，豈不更好！壁畫等繪畫能負擔一些這方面的任務，可是，漢化佛教寺院中的壁畫題材就是那麼一些，很難有新的突破。幡幢等莊嚴物之上容許有文字，但內容也只限於某些經文、咒語、佛名等。總之，能直接傳達給人們的信息太少。文化水平高的施主會感到不滿足。

匾額是常與楹聯配合，懸掛在寺院內外，主要傳達文字信息的。但匾額的字數少，信息量有限，靈活性較差，製作起來費時費力費錢。而楹聯就不同了，它可長可短，載體多樣化，可奢華能節約，視財力和懸掛地點而異。從內容上看，也更具靈活多樣性質。所以，楹聯雖為新進，當人們感受到了它的優越性以後，便大量採用，成為殿堂中常設常新的「莊嚴」主力軍。

從另一方面看，楹聯是漢族的創造，是漢語、漢字、漢文化、漢文學共同培育出的新生兒。它是漢族以至整個中華民族喜聞樂見的一種民族形式的社會交往文化產品。漢化佛教認識到這一點，並將它融入莊嚴中去，這是極為聰明的舉措。佛教之能穩固地立足於中國，並發展成漢化、藏傳、南傳三大派系鼎立，與它能「到甚麼山上唱甚麼歌」有密切關係，這也是人們的共識了。匾額與楹聯，就共同提供了一種新的例證。

再進一步看，由於楹聯比匾額需要更多的漢語、漢字、漢文化、漢文學等方面的實際支持，中國以外的佛教寺院，除了華裔在國外建立的以外，懸掛楹聯的不多。舉日本為例，就是如此。這當然與日本人照搬和守舊有關。他們的求法僧人從唐朝、宋朝學了去的還沒有楹聯呢。可是近現代日本和韓國新建的寺院中也很少有他們自己人創作的楹聯（匾額倒是隨處可見），說明楹聯的創作似乎比律詩還難呢。無妨認為，楹聯是中國漢化佛教基本上自家獨創獨有的新莊嚴物呢！

使用楹聯在寺院中呈方興未艾之勢

前面已經提過，中國內地實地使用楹聯呈萎縮情狀。可是，在寺院中，特別是在「文化大革命」後復興時，楹聯的使用又呈方興未艾之勢。這與施主佈施很有關係。有的文化水平高的或對楹聯有偏愛的施主，往往在僧人的慫恿、祈求下，佈施楹聯。所佈施的楹聯，不但內容要求質量好，以便垂之久遠，從書法到工藝製造也追求盡善盡美。試想，一副幾乎與楹柱取齊的抱柱楹聯，金字法書，讀來音調鏗鏘，文辭優美，是一件多種藝術的結合體，足以傳世。那麼，這筆錢也不算白花了。據說在「文化大革命」「破四舊」的時候，有的「紅衛兵」看見某些這樣的楹聯確實是藝術品，而且很難摘下來，也就給殿門貼上封條，走人啦。知識分子房間裏的紙裱的對聯，可是大多數逃不掉撕毀、焚毀的命運。

這與佛寺不斷地廣求佈施很有關係。佛寺求佈施，無有已時。特別是在翻修、重修殿堂之時，可能同時佈施來許多楹聯，為了擴大宣傳，為了博得所有施主的歡欣並交代此項佈施的去處，只可在全寺中凡能張掛、鐫刻之處普遍使用。此外，過了一段相當長的時期，新的佈施又到了，於是只可撤換一批看來不重要的——重要不重要，僧人是很會在政治性、藝術性兩方面考慮的。說句玩笑話，此種撤換，與照相館的調換櫥窗中照片有異曲同工之妙。曾有人說，北洋政府時期的北京照相館櫥窗裏，總統、司令之類人物的照片撤換很快，只有梅蘭芳大師的，卻是雖換而常年常新。

當代寺院楹聯舉隅

明乎以上諸點，再來看當代漢化佛寺中的楹聯，許多問題便可瞭然於心。「文化大革命」以後，中國佛教協會所屬的各地寺院翻新，在對待和使用楹聯方面，都採取了積極的態度和作法。也有些具體的新特點，可以提請隨喜者注意的。此處先舉一些新撰寫的楹聯為例：

一是大護法的新撰楹聯。此種楹聯必定安置在大殿等處最顯眼的位置，其用意不必再說。當代最大的護法，自然是趙樸老。樸老的政治地位也不必再說，難得的是，老人家既是製聯聖手，復為書法名家。三美兼具，而且還不難求，只要合理合法，一般是有求必應。於是乎大江南北各寺院均以得樸老此種墨寶為榮。以下略舉兩聯，以窺一斑：

正道示周行，遍十方寶樹金繩，戒香梵鉢；
——｜｜——｜｜——｜｜——｜
覺王開淨土，試四望松風水月，仙露明珠。
——｜｜——｜｜——｜｜——｜——

這是為吉林省敦化市正覺寺寫的楹聯，懸掛在該寺大殿內大佛前兩柱上。此寺是美籍華人釋佛性法師（比丘尼）以在美洲募捐所得重新修蓋。新址坐落在該市歷史名勝風景遊覽區六頂山，側傍山巒，下臨水庫，堪稱風水勝地。此寺是尼寺。聯語中隱括以上諸方面情況，同時，用唐太宗御製的《大唐三藏聖教序》中以「松風水月未足比其清華，仙露明珠詎能方其朗潤」之語讚美玄奘其人的典故，樸老以雙關稱譽立寺之地與自國外歸來建寺之比丘尼，以深含不露的形象化的詩的語言表達，再加上一筆瀟灑的蘇體字，乃寫作俱佳的必傳之作也。

宗依法華，判釋五時八教；
——|—　|||—||
行在止觀，總持百界千如。
—|||　|—||——

這是為天台國清寺方丈樓所寫的楹聯，緊扣天台宗教義和傳法者的身份，是不能易地張掛的。作聯能切題到如此地步，是極不容易的。

此外，當寺方丈級大和尚也有擅長製聯並兼擅書法的，特別是如果還擔任中國佛教協會副會長等一類級別的職務的話，他們所寫的楹聯同樣受到極大重視。下舉明法師為天津大悲院撰寫的兩副對聯：

如是妙相莊嚴，靈山會儼然未散；
—|||——　——|—||
本來佛身清淨，菩提道當下圓成。
|—|——|　——|—|——

了真空，不為色聲香味觸法所轉動；
——————————
常念佛，當從眼耳鼻舌身意下功夫。
——————————

兩副楹聯都是為大殿所作，也都是從佛法角度寫的。

二是大護法或方丈或名家應大施主之請撰寫的楹聯。這可是極有臉面的事，在當代，非身份特殊如外籍華人、台港澳同胞等，外加佈施極多者莫辦。這讓我們聯想到國內若干大學內的「逸夫樓」之類匾額與題辭，不過比那些匾額、題辭可能內涵豐富，修辭技巧強。下舉上海龍華寺數聯為例：

龍華寺天王殿內楹聯一副。懸掛在前柱。文為：

修上乘行，面向未來，初入山門先參彌勒；
————————————
誦下生經，心依內苑，待隨海眾三會龍華。

｜｜——　——｜｜　｜—｜｜—｜——

上款署「佛曆二千五百三十二年歲次戊辰仲春」；下款署「趙樸初敬撰並書」「信女李長清敬獻」。按：此聯曾在《法音》一九八八年第六期發表。

玉佛殿內楹聯兩副。第一排柱懸掛一副，文為：

道不遠人，切忌認影迷頭，向外尋覓；

｜｜｜—　｜｜｜｜——　｜｜—｜

心原是佛，但向回光返照，直下承當。

——｜｜　｜｜——｜｜　｜｜——

上款署「一九八九年八月立」；下款署「應野平題」「信女吳興坤敬獻」。

法身常住，無來無去，歷萬劫以長存；

｜——｜　———｜　｜｜｜｜——

妙相圓融，即色即心，遍十方而示現。

||——　|||—　||——||

此聯懸掛於第一排柱上。上款署「戊辰秋月本寺方丈明敬書」；下款署「信士植田通義、信女植田貴美子敬獻」。

該寺大雄寶殿內外楹聯更有若干新佈施者，例如：

佛座前第二排四柱，居中兩柱懸掛楹聯一副，文為：

到此認清淨法身，騁般若之青獅，乘三昧之白象；

|||—||—　|—|———　——|—||

鄰近有嶙峋忠骨，觀桃花兮碧血，仰塔波兮赤烏。

—||———|　————||　||——|—

上款署「佛曆二千五百三十二年佛誕日奉題」；下款署「趙樸初敬撰並書」「信女于邵淑英敬獻」。龍華為民國年間許多烈士犧牲之地，從佛教角度看，又是「僧到赤烏年」之處，故下聯及之。

西方三聖殿內楹聯三副。入殿第一排柱懸掛楹聯一副，文為：

主伴莊嚴，接引眾生，同歸極樂國；

||——||——||

願行成就，超登上品，親覲大慈尊。

|——|——||——||——

上款署「丙寅四月錄圓瑛法師句」；下款署「顧廷龍敬書」「信女戴珊梅敬獻」。

寺院舊聯舉隅

此處再舉一些保留下來的舊聯為例。分為兩種情況：一是盡可能保留原楹聯（即「文化大革命」前的老聯）中膾炙人口的那些，或是近代名人之作。或人以聯傳，或聯以人傳，或兼而有之。可舉杭州市淨慈寺大殿外刻在石柱上的楹聯為例。

淨慈寺大雄寶殿外四面牆柱聯共十四副。計正面牆、背面牆各八柱，各刻聯四副；左右面牆各六柱，各刻聯三副。抗戰前，約在民國十九年（一九三零）開始重新翻修大殿，至二十三年（一九三四）基本完成。殿外方形石立柱上均新鐫當時名流為此創作的新楹聯，雖經「文化大革命」，幸而留存。筆者以為，這批楹聯是現在杭州諸寺院所存楹聯中最可寶貴者。其中，章太炎、于右任等人的手澤上石，尤為寶貴。虛谷、太虛等佛教大師的親筆撰寫的聯語，現在大陸寺院中原樣保存的也不多了。下僅舉四聯為例：

正面牆左右各第二柱篆書聯：

植西土正因，相期震旦有情，我愛休耽犁尼好；

|—|—　——|||—　||————|

攬南屏全勝，應令晉家高士，清游更度虎溪來。

|———|　—||——|　——|||——

上款署「民國二十年一月吉日」；下款署「浙西有漏人章炳麟敬書」。

左右各第三柱聯：

一偈遍梵天，看東土普現光明，照徹淨慧因緣，莊嚴色相；

｜｜｜｜—　——｜｜｜——　｜｜｜｜——　——｜｜

百年有桑海，與西湖長留香火，記取靈山塔影，上界鐘聲。

｜—｜—｜　｜—————｜　｜｜——｜｜　｜｜——

上款署「民國二十三年一月」；下款署「于右任」。

左右各第四柱聯：

雷峰塔紅臥門前，南屏鐘翠沉煙外，看琉璃照澈，瓔珞輝煌，又道

——｜—｜——　———｜——｜　———｜｜　—｜——　｜｜

濟歸來，隻手換祇園小劫；

｜——　—｜｜——｜｜

錢塘江聲消帆背，西子湖風入松巔，隔梵唄氤氳，旃檀馥郁，望表

——————|—|——|—— |||—— ——|| ||

忠無恙，大輪演武廟雄圖。

——||—|||——

上款署「民國二十三年八月之吉」；下款署的是「沈軼劉拜撰」「虛谷敬書」。

背面牆第三副聯是：

六橋煙水，三竺香雲，正覺南屏鐘破曉；

|——| —|—— ||———||

雙樹戢輝，五天潛響，卻欣東土佛長春。

—||— |——| |——||——

上款署「淨慈寺重建佛殿落成」；下款署「甲戌春南屏老僧太虛撰書」。

二是在原聯毀棄，暫時無法恢復的情況下，使用某種臨時的代替辦法作為過

渡。現舉杭州上天竺法喜寺法堂內繡幡聯為例：

法喜寺原有中殿、後殿等建築多處，全寺規模巨大。後來各殿堂多為工廠佔用。一九八五年，法喜寺重新劃歸佛教協會管理，逐步恢復。當初，在工廠正在搬遷，前殿即圓通寶殿正在施工，中殿、後殿準備重建之時，僧眾作功課、作法事，一般在西院供奉西方三聖的法堂中進行。法堂中三聖像兩旁金柱上各懸絲繡佛幡一條，幡上各繡有題名「法喜寺古名聯」（佔一行）的聯語一副。上下聯同在一幅幡上。採用「立刀」式寫法，各佔兩行。共五行。

聖像正面左側聯語為：

石晉現相，吳越開基，歷今九百餘年，依然見嶺護慈雲，問蓮座
| | | |　— | — —　| — | | — —　— — | | | — —　| — |

揚輝，何如南海；
— —　— — — |

靈竺在中，法鏡居下，每值春秋佳日，都來乞瓶傾甘露，願楊枝
— | | —　| | — |　| | — — — |　— — | — — — |　| — —

遍灑，長説西湖。

|| —|——

右側為：

山名天竺，西方即在眼前，百千里接踵朝山，海內更無香火比；

———| ——|||— |—|||—— |||——||

佛號觀音，南摩時聞耳畔，億萬眾同聲念佛，世間畢竟善人多。

||—— ————|| |||——|| |—|||——

我們以為，在因施工困難或財力不足時，暫時採用這種形式代替雕刻抱柱長聯，是一項好辦法。如果將來楹聯多了，將其中一部份換下來的聯語改製成這種形式，可以比較自由地遷移挪動，甚至可以單獨闢專室，連同紙質、絹質的對聯一起張掛，那就忒好了。

相對來説，現在劃歸文物部門管轄的寺院，對楹聯不如中國佛教協會所屬的僧人寺院那樣重視。一般地說，像北方如北京的某些大寺院中，原有康熙、乾隆（間或有雍正的）御筆題聯不少，大體上和他們所題的匾額一起翻新了。可是，原寺被搗毀得差不多的，恢復時基本上等於重建的，如北京紅螺寺，山門上就由當代人馬馬虎虎來上一副，不怎麼推敲，很容易出笑話的：

以紅螺淨土聚八面來風；
——｜｜｜｜｜——
啟旅遊大門迎四海嘉賓。
｜｜—｜——｜｜——

且不論兩句中的平仄不調與意思不妥之處，光說句尾，兩個平聲字怎能同時用在聯腳呢！經過提意見，此「聯」撤去。全寺改用從弘一法師的集聯中選用的聯語，連書法也襲用了。倒是聰明辦法。

習作

為防有的讀者又會問：「你講了這麼半天，自己練過嗎？」以此，不嫌多佔篇幅，將近年一些拙作展出，供徹底批判。

為無錫祥符禪寺牌坊作聯（兩副）：

仁山智水，名寺重新，十方共仰，抬頭有無量自在；

——｜｜，—｜——，｜—｜｜，——｜—｜｜｜；

慧日祥雲，佛光普照，萬善同登，進步入不二法門。

｜｜——，｜—｜｜，｜｜——，｜｜｜｜｜｜—。

慈雲永護，對山色湖光，握智珠心印，懸知自性真清淨；

——｜｜，｜—｜——，｜｜——｜，——｜｜——｜；

梵宇宏開，入香林寶界，悟妙果靈因，了徹諸法無去來。

｜｜——，｜——｜｜，｜｜｜——，｜｜—｜—｜—。

（二零零一年二月二十五日）

為丘嘉倫作紀念妙善法師聯：

了身如虛空，微妙難思議；

｜————　—｜——｜

離暗趣明正，眾善得奉行。

—｜｜—｜　｜｜｜｜—

（二零零三年一月二十七日）

寧波七塔寺可祥方丈升座志喜：

二諦圓融，四禪慧淨；

｜｜——　｜—｜｜

三門可駐，七塔祥呈。

——｜｜　｜｜——

月西上人圓寂十週年紀念：

七塔留香火；

｜｜——｜

三生證淨因。

——｜｜—

（二零零三年四月十五日）

為丘嘉倫與無錫祥符禪寺作寧波七塔寺月西上人十週年紀念聯（各一副）：

七佛塔內真佛子；

｜｜｜｜—｜｜

三生石上舊精魂。

——｜｜｜——

於諸梵行悉堅持，三心盡轉；

——|—|——　——||

願證法身成正覺，七塔重來。

|||——||　||——

（二零零三年一月三十日）

為丘嘉倫作普陀山戒忍法師升全山方丈賀聯：

戒蘊慈航，法資龍象；

||——　|——|

忍堅精進，人證菩提。

|——|　—|——

（二零零二年十二月一日）

為丘嘉倫作無錫祥符禪寺牌坊「五智門」楹聯（兩副）：

三萬六千頃淼淼煙波，漁歌伴梵宮唄唱，大乘西來，太湖映佛光普照；

四百八十院蒼蒼薝蔔，谷響賡精舍鐘聲，宗風南衍，靈山建臨濟名藍。

入五智門，仰寶像金容，蓮座祥雲擁護，應身璀璨天中，觀想如來八相；

傳四照用，破塵緣世網，靈山花雨繽紛，覆面彌綸法界，敷宣臨濟三玄。

（二零零二年十二月二日）

為丘嘉倫取弘一法師集晉譯《華嚴》偈頌集句拼成三聯：

斷除煩惱，捨離貪欲嗔恚癡，自性真清淨；
｜——｜　｜——｜—｜—　｜｜——｜
具足菩提，示現生老病死患，諸法無去來。
｜｜——　｜｜—｜｜｜｜　—｜—｜—

究竟得到頭陀彼岸，永獲大安，無上勝妙地；
｜｜｜｜——｜｜　｜｜｜—　—｜｜｜｜
具足成就智慧藏身，令出愛獄，離垢清涼園。
｜｜—｜｜｜——　｜｜｜｜　—｜———

安住平等相，猶如滿月顯高山，有無量自在；
—｜—｜｜　——｜｜｜——　｜—｜｜｜
廣發大悲心，開示眾生見正道，入不二法門。
｜｜｜——　—｜｜—｜｜｜　｜｜｜｜—

（二零零二年十二月九日）

為丘嘉倫代寧波七塔寺新修三聖殿作內柱聯兩副：

拜我三聖金身，眾生有莫大因緣於極樂世界；

｜｜—｜—— ｜—｜｜｜———｜｜｜｜

瞻茲七塔寶寺，常住在不可思議之上乘禪林。

——｜｜｜｜ —｜｜｜｜—｜—｜———

壽無量，光無量，相好莊嚴無量，西方作佛；

｜—｜ ——｜ ｜｜———｜ ——｜｜

悲眾生，度眾生，圓成利益眾生，東土垂慈。

—｜— ｜｜— ——｜｜｜— —｜——

（二零零三年七月五日）

為丘嘉倫作無錫祥符禪寺四副牌坊聯（二零零三年十二月二十五日）。

進門，即牌坊正面面對大門的兩副：

道場宏開，此地即為淨土；
｜｜——　｜｜｜—｜｜
慈雲廣被，前途便入空門。（第一副）
——｜｜　——｜｜——

彈指作聲，有緣人何處來此？
—｜｜—　｜———｜—｜
開花見佛，清信士這裏入門！（第二副）
——｜｜　—｜｜｜｜｜—

出門，即信士面向大門而為牌坊反面的兩副：

歸路仰觀，四圍黛色環金界；
—｜｜—　｜—｜｜——｜
出門遙望，萬頃湖光映翠微。（第一副）
｜——｜　｜｜——｜｜—

且留步回頭，望山中千秋禪寺；

｜—｜——｜—————｜

要收心洗耳，聽世外一杵清鐘。（第二副）

｜——｜｜—｜｜｜｜——

應丘嘉倫電話中之約，二零零四年五月十二日（星期三）作四副聯語：

秋懷月落鐘聲遠；

——｜｜——｜

爽氣楓紅塔勢雄。

｜｜——｜｜—

此為寒山寺秋爽大和尚方丈室作，要求嵌「秋爽」二字。

彰天聲，震撼大千世界；

———｜｜｜—｜｜

警俗慮，呼喚無量癡迷。

｜｜｜　—｜—｜——

此為寒山寺新鑄造大鐘作。

天龍聽法，住世五十年，慈雲遙蔭，甘露香風，寒山再現莊嚴鷲嶺；

———｜　｜｜｜｜—　———｜　—｜——　——｜｜——｜｜

帝釋聞經，歸心卅二相，慧日高懸，星樓月殿，東土新闢龍象祇園。

｜｜——　——｜｜｜　｜｜——　——｜｜　—｜—｜—｜——

茫茫彼岸，寶筏渡迷津，姑蘇淨地永資福惠開蓮界；

——｜｜　｜｜｜——　——｜｜｜—｜｜——｜

渺渺淳塵，洪鐘鳴子夜，海宇澄波遐慶升平泊客船。

｜｜——　———｜｜　｜｜———｜——｜｜—

此為寒山寺大雄寶殿作抱柱楹聯兩副。

楹聯的作者與書寫者

楹聯的作者極可能並不善於書法，如下走即是。作出來，如果有人想掛，那就得請書法家揮毫。一般說來，按老派的規矩，書寫者應是撰稿人的平輩或晚輩，沒有請長輩為晚輩抄錄之理。有時，年長者不在乎，也為晚生後輩寫了，那可是賞臉。起碼應該有道歉並道謝的舉動才是。例如，前面舉出的下走為一位百歲高齡的老夫人慶壽所寫的聯語，有人取去請老前輩馮其庸先生書寫。這是他們的孝心，可是置我於極為難堪之地位！我得知後，只好對馮先生再三道歉吧。

也是應友人之約，二零零四年五月十四日，為趙樸初先生「無盡意齋」移至無錫祥符禪寺而作：

我輩有情癡，瞻禮空堂懷悵惘；
｜｜｜——　—｜———｜｜
先生無盡意，默存故里愛湖山。
———｜｜　｜—｜｜｜——

有一天我看電視，放映這所紀念堂的錄像，有近鏡頭。忽見此聯正面懸掛於堂中，寫有「白化文句，啟功書」字樣。真嚇壞了！據故友沈玉成學長說，啟先生比我大三輩。我哪敢起動老爺子！這是怎麼回子事呢？搔首問蒼天而已。

第二節　其他宗教楹聯舉隅

道教和中國民間諸神

中國民間祭祀的神很多，一般都算在道教名下。以下先舉最具風韻的花神廟楹聯為例：

翠翠紅紅，處處鶯鶯燕燕；
｜｜——　｜｜——｜｜
風風雨雨，年年暮暮朝朝。
——｜｜　——｜｜——

《楹聯叢話》卷六：「西湖花神廟在孤山下，跨虹橋之西，雍正九年，總督李敏達在建。中祀湖山之神，旁列十二月花神及四時催花使者，無不釵飛鈿舞，盡態極妍。」下舉「舊聯」即此聯，評語是：「曼調柔情，情景恰稱。」按：修辭中的疊字格，自詩詞曲以下，向來稱為難作。難在舂容大雅，不庸俗又不顯堆砌。李清照《聲聲慢》詞，「連下十四疊字」，連結尾處的「點點滴滴」，共九組十八個字兩兩相疊，被稱為「公孫大娘舞劍器手」，其優點正如我們上面所說的那三個「難在」。李詞有上下文聯繫，轉折處還易於處理。我們所引此聯則連下十組二十疊字，而且前後一空依傍，較之任何疊字作品都難作。做到這樣的水平，可謂青出於藍矣。

但是，《茅盾談話錄》（一九八三年六月二十日上海《新民晚報》所載）中，茅盾先生批評此聯的弱點說：「從文字看，可以看出作者的神思巧想，確見功夫。但是，從內容看，這副對聯可以掛在杭州的西湖，也可以掛在嘉興的南湖，甚至可以掛在蘇州、無錫、揚州等地，只要是風景較好的南方庭院所在，都可以用。這正是這副對聯的弱點，就是一般化，沒有突出的個性。」這段話十分深刻地告誡聯語作者，創作楹聯，最好做到只能用於特定的個別的人或物，不可移易。

《楹聯叢話》卷六又引蘇州虎丘花神廟聯云：

一百八記鐘聲，喚起萬家春夢；
｜｜｜｜——　｜｜｜——｜
二十四番風信，吹香七里山塘。
｜｜｜——｜　——｜｜——

評語是：「卻移作西湖之花神廟聯不得。」因為鐘聲與七里山塘都是本地風光。

道教的通用型聯語，亦舉一聯：

一生二，二生三，三生萬物；
｜—｜　｜——　——｜｜
地法天，天法道，道法自然。
｜｜—　—｜｜　｜｜｜—

伊斯蘭教聯語

筆者所知的清真寺內外楹聯不多，今舉一例以概其餘：

認真主，憑萬物作證；
——————
參造化，惟一理在心。
——————

天主教與基督教聯語

谷向陽主編的《中國對聯大典》中特列「基督聖教」一目，所列楹聯甚多，堪稱這部書的一大特色。請讀者參閱。亦舉一例：

天地惟一主；
——————
教化無二尊。
——————

筆者對於道教、伊斯蘭教、天主教、基督教的了解均十二分不夠，不敢多說。建議讀者：到道觀、清真寺、教堂等處參觀學習時，多多觀察，閉口少說廢話，以免碰上禁忌。看到其中的楹聯，倒是少見的難得的學習機會，可以抄錄下來，留待歸後慢慢學習。

匾額

匾額，亦稱橫額，簡稱匾。可獨立懸掛，也可與對聯配合張掛。以其無可附着，只能在這裏最後簡單提上幾句。

明朝人時興把匾額和對聯配合使用。例如，萬曆二十八年（一六零零）福建書肆萃慶堂余氏刻本聯語彙編《大備對宗》十九卷，用單面圖，匾額與對聯配合式。甚至有些戲曲插圖也用此式，如萬曆十五年（一五八七）金陵富春堂刻本《古今列女傳》，插一圖為雙面連式，圖上方通欄標題似匾額，左右為對聯。又，萬曆間金陵劉龍田喬山堂刻本《西廂記》，也是上方為匾額式標題，左右對聯。至於單幅年畫中所見則更多。清代以下，年畫中保留者較多，這是為了小戶人家張貼在堂屋等處用的。

工商業的牌匾，多為本號名稱。左右所配對聯要與之配合。一般的匾額，以四字匾為常規，兩字、三字的也常見，五至七字的就不多了。總之，匾額與對聯的關係在若即若離之間。如果同時撰寫，必須彼此照應，絕不能各說各的。如果匾額懸掛在前，對聯補寫於後，更得照顧匾額所寫的內容。至於在寺觀中所見，一殿匾額可能十幾塊，東、西、南、北遍懸於四方，與對聯亦非一時所獻，那就只能各說各的了。

第八章　徵聯與評聯

許多對聯愛好者關心並積極參加各種對聯徵聯評獎活動，也關心從出題到評聯的整個過程。這是好現象。多參加此類活動，對提高自己的水平肯定有好處，其要點在不斷總結經驗，與時俱進。多了解評聯過程，便於有的放矢。

大規模徵聯與評聯活動，大致是從一九八三年春節「第一屆全國迎春徵聯」開始的。二十多年來，全國性和地方性、行業性的徵聯活動連續不斷。組織者和應徵者常常要檢索資料，利用工具書與其他相關圖書，他們切盼圖書館的支持。圖書館若是重視此項活動，對於吸收讀者和開展工作會有好處，特別對中小型公眾圖書館，如市、縣、區級館，其重要性可能更為突出。在這方面，據我們所知，各級文化館和文化宮比圖書館積極，在年節時尤其紅火。他們的強項在於本身具備這方面的素養，能聯繫的書畫人才面廣，設備多，組織經驗豐富。可是他們的資料有限。中國楹聯學會及其各地的分會則常常是這種活動的主持者，已經積累了相當豐富的經驗，也有若干教訓。必須說明，我認為，從中央到地方的各級黨政工團領導對這種活動是相當重視與支持的，例如在每年的春節活動中，就經常把貼春聯和徵聯算作一項重要活動。

中國楹聯學會的主要負責幹部經常操持活動，並參加了活動的全過程，最有發言權。我參與了二十世紀八十年代初至九十年代中期北京地區舉辦的若干活動，其中有許多中央級機構部門舉辦的，但是大多只擔任複評評委，很少參加初評與從頭至尾的整體組織工作，只能以參加者的身份談談個人的心得體會而已。下面具體分四項拉雜寫來。

第一節　我對參加過的徵聯活動的回顧

回顧我參加過的那十幾年的徵聯活動，其內容，也可說範圍，大致可分四類：一是節日聯，主要是春聯，還有中秋聯等；二是行業聯，特別是與商業、報業有關的行業聯，如「京華老字號有獎徵聯」「《足球報》徵聯」等；三是主題徵聯，如「一九九二年金利來杯海內外『祖國和平統一』主題徵聯」等；四是風景點徵聯，如「劍門蜀道徵聯」「國門第一路徵聯」等。

各種徵聯活動的共同特點有三：一是吉慶，應景，針對性強；二是多採用評委會評定，初評、複評兩級評定制；三是規模一般比較大，常為面向海內外、全國或本地區。

但是，有三種情況值得注意：

第一，應徵者有逐年略見減少之勢，一般群眾的參與熱情在下降。最早的幾次全國性徵聯，應徵者動輒幾十萬人，來信能裝幾十麻袋。而今也就是幾千到幾萬份罷了。看來，群眾也有了經驗啦，知難而退的人想必相當多。從整體水平看，歷屆以來未見明顯提高，精彩作品反而愈來愈少。

第二，中獎者常常在一個小圈子之內，脫穎而出者陸續出現，這些位又常常是中國楹聯學會會員。相對固定的參與隊伍形成。

第三，中國楹聯學會的成立、發展與鞏固，以至迄今為止的經常性活動，據我看，與徵聯、評聯有密切關係。說此項活動是學會和各地分會的生命線，我看並不為過。

針對上述情況，從中國楹聯學會的立場來看，竊以為，徵聯和評聯活動的開展，應該也必須步入一個新階段，要有質變式的飛躍與提高。我想需要特別注意兩點：

第一點：活動應該向縱深發展，爭取四季常青，百花齊放。具體的辦法也想出幾項，如：

一要主動出擊，以中國楹聯學會和北京市分會等名義不斷地向各方面聯繫，爭取一年四季活動不斷。現在的情況則是常常半年閒，春節前後忙碌。

二要擴充活動內容與範圍，在前述四類活動外開闢新領域。例如室內外裝飾聯就是一個待開墾的處女地。這類聯一直到新中國成立前非常流行，新中國成立後知識分子居室和老式住宅家庭中還在不聲不響地張掛。實則那是中國風室內外裝飾的有機組成部份，能夠明顯地顯示出居住者的志趣。近來建築業興旺，住宅、賓館、寫字樓和各種亭台館閣寺觀園林如雨後春筍般拔地而起。這正是楹聯家用武之地。我建議應該大力提倡。起碼比使用庸俗的美女招貼畫裝飾古雅得多。

三要大小型活動並舉。如上述室內裝飾聯活動，比如給一個圖書館，或一個大飯店工作，就可以本地的中國楹聯學會會員為主。這樣能給出資單位節約，便於參觀考察待裝飾的地方，高手多而出聯精，內部評定集思廣益，甚至可以將初評、複評合二而一。《紅樓夢》中的「大觀園試才題對額」，動用的人力不多，僅用半天遊園一次，就基本上完成了應對與初評，這樣的作法值得我們參考。

第二點：楹聯學會發展至今，已經形成氣候，現在是向縱深發展的時候了。辦法是，以各地的中國楹聯學會分會及其會員為基礎，自行開展定期或不定期的「聯社」以文會友活動，這是日常練兵，是培養活動骨幹的好方法。當然，這種聯社活動總要有些內容。我推薦「詩鐘社」的組織形式和活動方式。理由是：詩鐘是一種高級的鍛煉撰寫對聯能力的好方法。至於活動場所，可以考慮和新興的茶館、俱樂部以及正統的圖書館、文化館等接洽掛鈎，如果辦成經常性的，還可能形成學會的另一條生命線呢！

附帶説一下，詩鐘和詩鐘社在東南沿海地區已經重新興旺起來，而北京似乎落後了。抓這項工作，中國楹聯學會北京市分會應該當仁不讓。不作詩鐘，而以結社的方法比賽對聯，當然更好。

第二節　徵聯的出題

徵聯，包括自行結社比賽對聯，出題或限定範圍的手法不外兩種，一是徵求半聯，也就是只出上聯或下聯，徵求另外一半。二是徵求全聯，只限定內容和範圍，但常常附帶若干條件。以下結合前十幾年間所見，就其利弊略抒己見。

徵求半聯的方式，再加上附帶一些條件，如對於主題的要求等，明確劃一，便於評委會掌握。這是它的先天性優點。但此法在實用時的優劣與成敗繫於所出半聯，這也是毋庸爭議的事實。經驗教訓中，似乎有三方面可以提出來討論：

一方面，要事先考慮到，是否會造成應徵半聯雷同者過多的情況。這一點在集句聯中表現最為突出。例如：第二屆全國迎春徵聯中的第五聯，出下聯「每逢佳節倍思親」（王維《九月九日憶山東兄弟》），徵求集句上聯。一等獎評定為「願得此身長報國」（戴叔倫《塞上曲》），答案相同者數十人。此外，人名、地名、專名詞等出聯求對也容易犯這個毛病，如「碧野田間牛得草」，下聯作「金山林裏馬識途」「金山村裏馬識途」「白楊林裏馬識途」和「白楊村裏馬識途」之類的各數十人。這就給評聯和頒獎造成巨大困難。嚴格地説，這兩道題就得算出砸了。

另一方面，不可出這種題：即，事實上，要求應答的半聯，不能滿足出聯中內涵全部要求。也舉上述那次徵聯中的第二聯為例，出聯是：

奪銅牌，奪銀牌，奪金牌，衝出亞洲爭寶座；

這個上聯的前三個小分句各三個字，其首尾兩字相同，當中三字同屬一個部首，「金」字還是部首「金部」的領字，以上是從文字方面看；再從修辭角度看，這三個分句既是形式上的排比，又是內涵中由低到高的遞進。據我看，能完全滿足以上條件的對句，乾脆說就沒有，它是個絕對。而它的最後一句比較平淡，容易對出，可能造成對句雷同者較多。後來的事實證明果真如此。作為絕對來說，此上聯極可能流傳千古；作為徵聯出題來說，則是一次失敗的嘗試。

再一方面，出聯的人在某些地方水平有問題，出的題不通。當時出於某種考慮，也就用了這種人情稿，結果是，一則被內行嘲笑，二則對的下聯如果很不錯——要是不成，能獲獎嗎——勢必更加反襯出上聯的醜陋，使人有「新婦配參軍」之恨焉。這方面的教訓，我所經歷的起碼有那麼兩三遭。與人為善，胳臂折了往袖子裏藏。我也就不舉例了。

可見，萬事慎之於始，出聯題最需慎重，應反覆討論，集思廣益而後定奪。萬不可匆忙、魯莽，不作深思熟慮是不行的呀！

徵求全聯

一般說來，徵求全聯總要附帶若干條件。

一是規定內容或主題。每次徵聯的內涵、主題最好本身有其特定性，不可與以前的雷同。例如春聯，每年都應有推陳出新之處。

二是限定字數，甚至限定一聯中小分句的句數。這是非常重要的一點。因為長聯和短聯放在一起不好評。初評時對長聯也很難把握。小分句多了，或是十幾個字一氣呵成的長句，過猶不及，都很難評。經驗表明，最好是四至二十字聯，半聯內小分句不超過三句。再說，從實用角度看，楹聯字數多了，寫出來一般人家都沒有地方貼。

三是文字或內涵方面的特設條件，常用的有兩類。一類是嵌字，這就與詩鐘和過去某些聯語習用的嵌字方式有相仿之處。另一類是要使用人名、地名、藥名、戲劇電影名等作對。設條件時應做到：

1、出一副示範性的樣聯，供投稿者參考；

天地。

2、事先周密考慮：留給投稿者能作出的餘地有多少。千萬要留下足夠廣闊的天地。

第三節　初評

初評的重要性

徵聯評聯中初評的重要性，早已眾所周知。簡短地說，就是，初評刷掉的，複評就很難看見了。只參加複評的許多評委挨罵，都是代人受過。投稿者可能不知道：從某種角度看，初評甚至是決定性的。初評上不來的，複評要是不追，就永遠看不見了。

徵聯的組織者必須重視初評，這也是一條重要經驗了。

我願在此談三點。

第一，初評的困難之處。

參加初評的，一般有兩種人。一種是既參加初評又參加複評的評委。他們一竿子插到底，一貫制，既參加又負責組織工作。他們最辛苦，在雙評中也處於最重要、最關鍵的地位。複評中找滄海遺珠，只能找他們，只能倚靠他們。他們是勞苦功高的功臣。另一種是只參加初評的人員。他們常常是臨時召集來的，業餘幹活，或是退休人員臨時就業。他們一則水平不齊；二則可能來自不同的單位，烏合之眾。這些人限於時間、學力、精力，還有態度——是否盡心竭力，所以初評的結果往往是不令複評的評委們滿意的。

第二，向初評參與者和投稿者進言（請從兩個不同方向聽）。

清代吳熾昌《客窗閒話》卷八「科場」中一則，寫舉人考試，說一個應舉的人老考不中，也就不想再入場了。他的已故的父親託夢給他，叫他入場。並且教他入場後借抄本家一位屢試不中的老先生的一篇得意窗課。這個人照辦。那位老先生的得意宿構被人錄去，啞巴吃黃連，只好草草另作一篇充數。不料發榜一看，老先生中了，抄襲者名落孫山。他氣得要砸祖宗牌位。當夜他父親又託夢說：閻王派我來叫你幹的。一則你命中還該入場幾遭，二則那老先生是個老古板，他精心炮製的艱深枯澀的文章絕對入不了試官的眼，所以特意派你去給他抽換了，好讓他今科取中。

這是天意啊！同時，老先生去見座主，說願意用那篇佳作來撤換場中臨時草草一揮而就的作品。看完佳作，座主說：「……此文若在場中，未必中試。蓋閱卷如走馬看花，氣機流走者易於動目。此文非反覆閱過不知其佳處，試官有此閒情乎？故無益也！」這位老先生明白過來了，遂有《讀墨一隅》之選。

可見，「文章不願高天下，但願文章中試官！」建議中國楹聯學會也可仿此，將歷年來多次徵聯中入選和未入選的代表作品集錄選評成一兩本書，以為投稿南針。摯友谷向陽先生編有《中華當代獲獎對聯大觀》（二零零三年國際炎黃文化出版社出版），投稿者若用心揣摩，堪為南針。評議未入選作品者，或具體建議某些作品應如何修改者，專業雜誌中或有之，未見集合成書。

初評是非常緊張的，一個人一天看四五百份卷子是常事。一份卷子過手，也就一兩分鐘的時間。「反覆閱過」的可能性不大，更無此閒情。「氣機流走者易於動目」的確是經驗之談。所謂「氣機流走」，我看是指一種「媚」。媚就是流動的美。繃臉的大美人兒很難動人。武則天不一定就是六宮中最為絕色的，可她是媚娘，就把兩朝父子都給迷惑住了。具體到對聯中，就是你在某一點或是幾點上總要有些一眼就能看出的動人之處。對仗，語言藝術（特別是修辭手法），文學藝術（形象性等），總得佔那麼一兩處吧。這就是你在衝着初評者飛眼呢。以上是從積極方面說，神而明之，可就存乎其人了。從消極方面說呢，那就必須做到：

少用典，用典必詳註，不用生僻典故，這是一；

不用生僻字，不用自造的生硬詞語，這是二；

少用專門性詞語，除非有這方面的特殊要求，這是三；

立意要顯豁，少耍雙關手法，最好不耍，這是四；

政治上要立場鮮明，態度明朗，與時俱進，別發牢騷，這是五；

最後，千萬把全聯的每個字都註明平仄，按古四聲調好平仄，這是六。

按此六項原則辦事，雖不中，不遠矣！

第三，考慮推行「房師制」。

參加初評人員待遇低，又作無名英雄，容易產生僱員思想。為加強他們的責任感和光榮感，建議採用明清科舉考試的房師制。誰錄取的，誰就簽名以示推薦。如果此卷獲獎，要將房師即推薦人的姓名列出。參加兩評一貫制的評委，可以採用科舉「五經分房」的辦法，自己主管某一題或某一部份卷子。其姓名也隨在獲獎卷之後公佈。

初評的棄取標準

應有軟硬兩種標準：軟標準主要在內容方面者多。初評時只作參照。除明顯的政治問題外，一般可憑個人認識棄取。硬標準則是初評必須嚴格執行的，應保證其中的問題不可留給複評。

硬標準又可分兩類：一類是有共性的，通用於每次評聯中的；另一類是特殊的，即每次評聯自己規定的，如字數、嵌字法、對內容的要求等。

以下着重談共性標準，有三：

1、對仗

對聯不對仗，絕對不行。進一步要求，則是：

從對偶修辭格來要求，看寬嚴，即對仗達到的程度；看技巧，即使用借對等修辭手法的能力等。

從語法方面來要求，看詞性、句式等屬對的寬嚴；看詞類活用等特殊語法形式的運用能力。

2、平仄

古今四聲不能混用。建議用古四聲，因為一則是歷史上形成的標準，一則可確切了解投稿者懂不懂甚麼是對聯，會不會寫對聯。它是一把尺子。

所謂古四聲，因為和科舉考試的棄取有密切關係，所以到了清朝已經官方明確規定，以《佩文詩韻》中所定為準。此後並沒有新的發展，也沒有哪一時代的政府作出新規定。因此，我們還是以此為準。當代楹聯界主張用新四聲的呼聲甚囂塵上。這不但牽涉四聲問題，也牽涉用韻，和詩詞曲劇各界均有密切關係。我認為應在適當時機，由政府有關部門出面，召開國際性專業會議，集思廣益，共商大計。最後由國家以法令文件形式頒佈，這樣，國內外均可遵照執行。這是個國際性問題，萬不可等閒視之，各行其是。現在我們評聯，還得以古四聲為準才是。

具體到初評時，可用「砍三斧子」的辦法，即：

頭一斧子，往聯腳上看，全平全仄者格殺勿論。例：

以紅螺淨土聚八面來風；

｜——｜｜｜｜｜——

啟旅遊大門迎四海嘉賓。（懷柔紅螺寺山門對聯）

｜｜—｜——｜｜——

山山海海山海關雄關鎮山海；

——｜｜—｜———｜—｜

日日月月日月潭秀水映日月。（《對聯》一九八七年第一期《作家巧對山海關》）

｜｜｜｜｜｜—｜｜｜｜｜

第二斧子，往小分句句腳上看，砍法是：相對的兩個小分句全平全仄者格殺勿論；一聯中各分句句腳加聯腳均平或均仄者要慎重考慮，基本上打入冷宮。分句越少（如只兩句）就越應嚴格。

第三斧子，查全聯平仄對仗。如全聯中平對平、仄對仄之處超過一半以上，基本上打入冷宮。入選者，必須用「一三五不論，二四六分明」這一習慣性標尺嚴格要求，但須注意是否已經「拗救」。例如給「奪金牌」上聯作對的一條下聯：

鬥體力，鬥智力，鬥耐力，走向世界逞神威。

前十四個字全部是仄聲，只最後兩字平聲，還獲得一等獎，如何向內行交代！

3、歷史上形成的禁忌

這些忌諱中，語言、內容兩大方面的都有。更可分為對聯本身的和詩詞與對聯共同的兩類。下面揀最要緊的各提一項：

對聯本身的最大禁忌，就是「合掌」不行，全聯合掌絕對不行。合掌，就是上下聯中以同義詞、近義詞作對仗的現象。它像人的左右兩手掌相合，故以此名之。它造成意義上的重複，乃是對聯創作之大忌。如，以「天下第一」對「世間無雙」便是。

一些在詩詞和對聯中都應避免的習俗與傳統性的忌諱，如「男女不對」（婚聯中卻是必對），也應執行。有人認為那是封建性糟粕，理應批判。我也贊成。可是男女姓名在對聯中相對，特別是當代人相對，如果不是夫妻，有時就會招致閒話。對聯的海洋極為廣闊，何必非得找暗礁多的地方行船呢！

還有一些漢語和習俗中應該注意的忌諱之處。這些都有待隨時注意學習，學會了就可運用於初評之中。但是，這不是一日之功。在這方面，對初評不能要求過高。這方面的揀選評論可以交複評去作。初評中能提出自己的看法和處理意見，那就最好不過了。提得好的，應予重獎。

第四節　複評

複評一般由評委會負責進行。常見的組成人員可分以下幾類：黨政工團領導；出資單位代表；地位很高的學者顧問（如二十世紀八十年代早期全國性徵聯評委會中的王力、周祖譔等老先生）；這些老先生一般都是在發獎時才出席的，不大過問賽事。

楹聯學會人員，特別是其中從起始的組織、初評一直跟到複評的人員，可稱主力。還有他們請來的「權威」。從二十世紀八十年代的北京地區看，劉葉秋和吳小如兩位中國楹聯學會顧問最起作用。近年來，老成凋謝，在下也退出了歷史舞台，就不知道現在請的「權威」是哪些位了。實際上，只參加複評的評委，比起一竿子插到底的組織者型評委來，花費的精力和時間要少得多，卻很風光。我很替組織者和下了大力氣的人鳴不平。可是，由於「權威」沒有參加初評，他們所見的只有拿上來的那麼幾百副，可挑選的回旋餘地不大，給他們的時間也有限，所以遺珠難免。公佈後抗議信是少不了的，首當其衝的，可就是「權威」啦！

那麼，複評的主要任務是甚麼呢？從積極面說，當然是要評選出一、二、三等獎來。複評後還要在電視台或電台等媒體面對公眾，作公開講評。這差使往往由「權威」來幹。從消極面說，則是把好關，不能出問題，特別是政治上不能出問題。

複評的一項重要任務，就是政治上把關。例如：第二次全國迎春徵聯中第四聯應徵下聯：

梅柳迎春，萬里東風綻桃李；
—｜——　｜｜——｜—｜
星辰拱極，千年大業莫參商。
——｜｜　——｜｜｜——

有的老先生政治上不敏感，認為用天文學名詞屬對，立意宏偉而思想內容可取。實則細加研究，如果獲獎並公佈，敏感的外國人可能推論出我們的黨中央似乎分成兩派，正在鬥爭。要知道，作對聯雖然是個人的事，可是公佈出去就是社會問題了！在政治上是不能代他負責的呀！於此可見，政治上把關是一件細緻的工作，需要心思縝密，認真對待。寧可委屈了作者，也不能造成不好的政治影響。

複評的另一項重要任務，是藝術上評定，這是決定獲獎名次的問題。這方面當然不可屈了真才。要眼光敏銳，選拔得當。具體地說，兩種藝術要兼顧：語言藝術應居首位，因為對聯首先屬於語言文字範疇；文學藝術方面可以放在最後決定前幾名時重點考慮。下舉一例：

茅舍換高樓，陽台花卉知春早；

—｜｜—— ———｜——｜

新街臨古道，市集車船載笑多。

———｜｜ ｜｜——｜｜—

這是我參加評出的一九八九年春節全國農村春聯競賽一等奬之一。據我看，此聯的優點是：一、對仗較工；二、使用修辭手法新穎，「載笑」於車船，摹狀借代，十分生動；三、「陽台」作為明確的新詞語出現在對聯中（從上下文看，不會與古代詞語「陽台」混淆）；四、作者具有中國古代文學修養，「知春早」由「春江水暖鴨先知」蛻化而出，「臨古道」由「遠芳侵古道」蛻化而出；五、作者確實有當代農村生活體驗，所寫農村春節新貌頗為生動典型。

最後要說一下，有意無意地在詞語方面寓意雙關以致觸犯忌諱之處，必須切實警惕。以下舉一些在這方面出現問題的例子：

嘉業用光安平康樂；

這是送給一位暴發戶「大款」的春聯中的上聯。此聯可能是有意為之。「嘉」與「家」同音。這是罵人呢，說「大款」把家業使用到精光，才能安平康樂呢！

再有一副壽聯，是為一位詩文書畫兼擅的老先生賀八十大壽，上聯是：

三絕人推老鄭虔；

可能是無心之過，作者不知忌諱所致。慶壽安能用「絕」字，還要「三絕」！老先生還禁得住人們「推」嗎！鄭虔在安史之亂時投降安祿山，亂後被放逐，那漢奸人格，那悽慘晚年，焉能拿來同當代老先生作比。還有諧音「老掙錢」！實在多有不妥。

簡短的結束語

在向尊敬的讀者請假以前，筆者願意就以下兩點作一番陳述。

一點是，讀者可能注意到，本書中很少提到長聯。甚麼是長聯，沒有個固定的說法。《中國對聯大辭典》內有「長聯」條目，列舉多種意見：

近年對長聯劃分的主要意見是：陸偉廉的「兩個短句」說；孫天赦的「含三個以上分句」說；余德泉的「四十字」說；周淵龍的「七十字」說；常江的「九十字」說。長聯的上限無定。

筆者學力、功力均十分有限，從來沒有撰寫過長過三十個字、上下聯各超過三個分句的聯語。以此，自覺沒有資格向讀者介紹長聯和長聯的撰寫法。我們姑且不去研究究竟達到多少字和幾個分句才算是長聯，就筆者的撰寫教訓說，我認為，初學者最好不要一上來就忙着學寫二三十個字以上、多於三個分句的聯語。先把「短聯」練好了再說。清代歐陽兆熊《水窗春囈》有云：「楹聯至百餘字，即多累贅，極難出色。」這是老內行說的話，希望初學者記取。

撰寫長聯如「十年作賦」，才學識等方面全得到家。長聯，如某些聯家所說，要寫出氣勢，貴在豪放，要顯得豐滿。從頭到尾，應如大江之水，一瀉千里。這都非一日之功，初學最好別貿然下筆。

那麼，短聯就容易作嗎？也不盡然。要在幾個字之內包羅概括所要陳述的一切，還要顯露出很強的藝術性，可不是件輕易的事。但是短聯究竟短，好比畫小幅山水，畫得好就有咫尺間見千里之氣勢，畫不好也能藏拙。說句笑話：糟踐的紙也不多，用的時間也不多。

那麼，寫好短聯是寫長聯的準備與基礎嗎？這得辯證地看。短聯如小楷，如絕句；長聯如擘窠大字，如漢賦。勁頭不一樣。能寫好短聯的，不見得會寫或說能寫好長聯。可是，寫聯總是得從短到長地寫啊！您的短聯寫得好，對撰寫長聯總會有幫助的。

再一點是，學習寫對聯，靠長期的多方面的學術、人生體驗等積累。古代許多優秀聯家，如紀昀、林則徐，在學術、政治等方面都有多方涉獵與長久的體驗。專門以聯名家的倒未必是大家。奉勸學習寫對聯的讀者：不必急於天天練習寫，應該在文學、藝術、語言學等相關學術方面痛下功夫。水漲船高，天長日久了，自然能夠提高。

那麼，對於有關對聯本身的學問，就可以不講求了嗎？也不是。曾見一些學習語言學、文學等方面頗有成就的專家，並不太會撰寫對聯。撰寫對聯，也得多學常練才是。

以上就是筆者貢獻給讀者的老生常談。現在，筆者已經無話可說了，自然得向讀者請假啦。

後記

筆者業餘學習寫對聯，粗粗一算，從知道甚麼是對聯起，大概得有六十多年了。筆者的祖父會寫大字，常寫匾額與對聯、條幅。他也會自己撰寫聯語。家中常備的工具書，小型的如《聲律啟蒙》《笠翁對韻》《詩學含英》，大型的如《佩文韻府》，先祖父有時也教導我學習初步使用。舊社會的應酬多，各種對聯的利用率相當高。耳濡目染，我那時雖沒吃過豬肉，可常見豬跑，也就慢慢地知道了一些對聯的寫法及其避忌等常識。先祖父逝世，我家遷居北京後，在我讀高中階段，我算是惟一半成年男丁，親故婚喪嫁娶時，也得當代表，小作應酬。拿着「對聯作法」之類書籍，照貓畫虎，臨時抱佛腳，也能湊合着轉上兩句。新中國成立後，這點三腳貓四門鬥的功夫早已撂下了，不進則退，基本上練不下來了。

不料，欣逢盛世。二十世紀八十年代初，中央電視台開辦「新春徵聯」活動，連續三年。我以北京中華書局《文史知識》編委的身份，得以參與其事。從此近二十年，年年都有種類不同的徵聯活動，凡是在北京舉辦的，差不多都有我摻和進去的印跡。我在這樣的實踐中，自覺能力大長。慢慢地也能練上幾套花拳繡腿。現在呈獻給讀者的，就是其中的一套「猴拳」加「醉拳」。

此書原名《學習寫對聯》，一九九八年上海辭書出版社出版，久已售罄。這次做了相當改訂，略微改動了一些提法，抽換增補了一些例子。總的來說，改動在百分之三十五以上。想到原來的寫法就不太嚴謹，帶有漫談性質，經這次改動後，閒談的性質就更明顯，索性把書名改為《閒談寫對聯》。

書名《閒談寫對聯》，閒談的就是自己在如何學習寫對聯。它不太系統，十分淺薄，定有各種各樣的錯誤。但敢於向讀者保證的是：它主要是筆者的個人學習心得。它是一本經過初步整理的學習筆記。希望讀者不吝指正，以便在將來進一步提高。

我的愛人李鼎霞是我的大學同班同學，二十世紀五十年代中同畢業於北大中文系，也是個對聯愛好者。她參與了這本小書寫作的全過程。書中還採用了她撰寫的幾副對聯。說她是此書作者之一，並不為過。可是她堅決不肯署名，也就且自由她吧。

此書初版時，吳小如老師和程毅中學長均惠賜書評，我也願借此篇幅，表達自己深深的感謝！

白化文

二零零六年五月三十一日，星期三。紫霄園

天地博雅文叢

天地
www.cosmosbooks.com.hk

書　　名　閒談寫對聯
作　　者　白化文
編輯委員會　梅　子　曾協泰　孫立川
陳儉雯　林苑鶯
責任編輯　宋寶欣
美術編輯　郭志民
出　　版　天地圖書有限公司
香港黃竹坑道46號
新興工業大廈11樓（總寫字樓）
電話：2528 3671　傳真：2865 2609
香港灣仔莊士敦道30號地庫（門市部）
電話：2865 0708　傳真：2861 1541
印　　刷　美雅印刷製本有限公司
香港九龍官塘榮業街 6 號海濱工業大廈4字樓A室
電話：2342 0109　傳真：2790 3614
發　　行　香港聯合書刊物流有限公司
香港新界荃灣德士古道220-248號荃灣工業中心16樓
電話：2150 2100　傳真：2407 3062
出版日期　2021年1月／初版

ISBN ： 978-988-8549-45-0